怀德纳图书馆中浩如烟海的书籍

哈佛商学院

哈佛大学燕京图书馆入口，馆中所藏主要为东亚研究资料

哈佛书店

哈佛大学的教授俱乐部

霍顿图书馆的楼梯

纪念教堂内景

哈佛附近的街道

HVMANITAS VIRTVS PIETAS

桑德斯剧院

哈佛附近的瓦尔登湖

ERICACEAE
Kalmia latifolia
Mountain Laurel

...ine to Florida, west to Louisiana

哈佛博物馆中陈列的用于教学的玻璃制花卉标本，人们称之为"玻璃花"

傍晚的哈佛

怀德纳图书馆一楼的雕塑

吴咏慧 ◎ 著

哈佛琐记

九州出版社 JIUZHOUPRESS ｜全国百佳图书出版单位

图书在版编目（CIP）数据

哈佛琐记 / 吴咏慧著. -- 北京 ：九州出版社，
2023.7
ISBN 978-7-5225-1865-7

Ⅰ．①哈… Ⅱ．①吴… Ⅲ．①随笔－作品集－中国－
当代 Ⅳ．①I267.1

中国国家版本馆CIP数据核字(2023)第096193号

本书中文简体版通过成都天鸢文化传播有限公司代理，经
黄进兴授予九州出版社有限公司独家于中国大陆地区发行、散
布与贩售，非经书面同意，不得以任何形式，任意重制转载。
著作权合同登记号：01-2023-5289

哈佛琐记

作　　者	吴咏慧　著	
责任编辑	李　品	
出版发行	九州出版社	
地　　址	北京市西城区阜外大街甲 35 号（100037）	
发行电话	（010）68992190/3/5/6	
网　　址	www.jiuzhoupress.com	
印　　刷	鑫艺佳利（天津）印刷有限公司	
开　　本	880 毫米×1230 毫米　32 开	
印　　张	8	
字　　数	117 千字	
版　　次	2024 年 8 月第 1 版	
印　　次	2024 年 8 月第 1 次印刷	
书　　号	ISBN 978-7-5225-1865-7	
定　　价	46.00 元	

让柏拉图与你为友，

让亚理士多德与你为友，

更重要的，

让真理与你为友。

Amicus Plato,

Amicus Aristotle,

sed Magis Amica VERITAS.

——哈佛校训

谢 词

　　《哈佛琐记》只是我个人对哈佛求学生活琐细的回忆，本来是不登大雅之作。如果不是金恒炜与王汎森两位先生的鼓励与鞭策，是不可能形诸文字的。在这里，我要特别跟他们表示谢意。

　　另外，我要谢谢（台北）"中国时报"人间副刊拨出宝贵的篇幅刊登这些文字。许多读者来函鼓励，于此无法一一致谢。还有允晨文化公司愿意把它结集成册，是我始料未及的。

　　最后，我想谢谢哈佛同窗，吴东昇、陈宽仁、程树德、斯科特(Scot Cremer)和渡边浩教授等，跟我共享哈佛的岁月。

吴咏慧

1986 年 8 月于狮城

Contents
目录

哈佛琐记

1

前言

哈佛大学学生精神失常率居全美之冠，学生到附近杂货店买酒，必须说明是为了煮菜用，否则老板会怀疑是沮丧酗酒。因此，有人说哈佛是脑力的炼狱，但我却觉得在哈佛的六年，是生命中极有意思的一段。尤其是那些年中的所见所闻，回想起来，常觉有味。我想写的倒不是什么严谨的学理，而只是一些琐碎的记忆。这些记忆常在友朋聚会中谈起，受到他们的鼓励乃动笔写出，聊供一粲耳。

新 版 序

在旅途中，读到《纽约时报》（2008 年 8 月 5 日）报导俄罗斯作家索尔仁尼琴 (Solzhenitsyn) 辞世的消息，心中甚觉怅然。当年他在哈佛毕业典礼上，振聋发聩、大气磅礴的讲演，至今记忆犹为深刻。

苏联解体，此公返归祖国，但所持文化保守的论调，与时局格格不入，遂过着隐士般的生活，逐渐为人们所淡忘。记者尚言到，新时代的年轻人甚至只知其名，而未知其人，遑论拜读他的大作。

三十年前，怀着前往"西方取经"的宏愿，远渡重洋，到哈佛进修。其时名师云集，诸如哲学的罗尔斯 (John Rawls)①、心理学的科尔伯格 (Lawrence Kohlberg)②、社会学的贝尔 (Daniel

① 约翰·罗尔斯（John Bordley Rawls，1921.2.21—2002.11.24），美国政治哲学家、伦理学家、普林斯顿大学哲学博士，哈佛大学教授，有《正义论》《政治自由主义》《作为公平的正义：正义新论》《万民法》等名著，是 20 世纪英语世界最著名的政治哲学家之一。（编辑注）

② 劳伦斯·科尔伯格（Lawrence Kohlberg，1927.10.25—1987.1.19）美国儿童发展心理学家。他着重研究儿童道德认知的发展，提出了"道德发展阶段"理论，在国际心理学界、教育界引起了很大反响。1968 年改任哈佛大学教育研究学院教授。（编辑注）

Bell)[①]、思想史的史华慈(Benjamin Schwartz)[②]，百家齐鸣，交织成一部波澜壮阔的交响曲。身临其境，聆听人间知识的曲目，何其幸运。

虽然随着岁月的流逝，大师逐一殒落，哈佛也迈入一个"无大师的时代"。但这种自由、多元、独立的学术精神，却深植我心，且影响了日后自己治学的取向，而受用无穷。抚今追昔，感激万千。

《哈佛琐记》受到海峡两岸读者的喜爱，委实出人意表。究其实，拙作不过是个人留学期间琐细的回忆，却能引起无数人的共鸣，哈佛何其有幸。倘谓其为"心灵"的故乡，似不为过。然而，诚如詹姆斯(William James)所言，哈佛教育的最终目的在于培养独立自主的人格。因此，真正的哈佛人无需魂牵梦挂，而是勇往直前，开疆辟土，追寻美丽的新世界。年事

---

　①丹尼尔·贝尔（1919—2011.1.25）是当代美国批判社会学和文化保守主义思潮的代表人物，是典型的二十世纪美国知识分子，哈佛大学终身教授。（编辑注）

　②本杰明·史华慈（Benjamin I. Schwartz）（1916—1999），美国当代著名中国学家，人类文明比较研究专家，哈佛大学费正清东亚研究中心教授，是哈佛大学中国学研究的领军人物。（编辑注）

既长，犹以此自勉，但愿不致贻笑大方。

又，好友翟志成兄撰有《这样的吴咏慧》一文，刊于新加坡《联合早报》，生花妙笔，趣味盎然；得其允诺，增录于后。之前，赖英照学长亦曾撰文，补充拙作之不足。借此"新版"之际，得以向两位再表谢意。他们的鸿文增辉拙作许多。

吴咏慧

2008 年 8 月 20 日于南港

爱憎交加

索尔·贝洛 (Saul Bellow) 在他的一部思想性的文学名著《赫佐格》(Herzog) 中，曾有一段如是叙述：男主角赫佐格因受婚变的打击，迟迟无法在理智与感情上接受这个预想不到的事实，有一个大风雪天，他喝得烂醉倒在路上，幸亏有个报摊的老头救了他一命。赫佐格从宿醉中醒来，在床上茫然地望着这个老头，问为何要如此仁慈地对待他？这位老头答说："先生，你平时到我的摊子买报纸，不像其他哈佛出身的人那么盛气凌人，这就是为什么。"

虽然《赫佐格》是部小说，贝洛却能很细腻地把美国人心目中的哈佛描写出来。一些发生在我周遭的事情又可和贝洛的叙述相互印证。

1978 年的圣诞夜，一位朋友刚到美国，邀我去新泽西州他的亲戚家度假。从纽约搭上灰狗巴士，由于时辰已晚，外面黑天暗地，加上风雪交加，看都看不清楚，两人糊里糊涂就提前下了车；车外一片茫然，气温很低，冻得直发抖。想找个住家问路，但走了老远都看不到一栋房子，心里十分着急，心想两人沦落在异乡的荒郊野外，万一有个三长两短如何是好？好不容易看到公路的十字口，刚好闪着红灯，停着一辆车子，急忙赶上前搭个便车；没想到坐在驾驶座上的一个美国老太婆，在车内连连摇手，喊着："No！No！"竟然不顾红灯，就将车子开过了马路。不过心想在这么偏远的地方，突然跑出两个状甚狼狈的东方人，意图不明，自己也免不了七上八下。想到这儿，心里稍微宽解，不再做"人心不古"之叹。

虽然失望，还是得向前摸索。四周一片静寂，一层白纱似的薄雾罩住马路，偶尔还能听到远方的车声，但车子像是在迷宫里兜转，从未出现在我们眼前。走了好一阵子，眼睛酸痛得直掉眼泪，鼻水也不停地流下来，显然是受冻了，相看对方一副涕泗纵横的模样，仿佛饱受人间的委屈，至为心酸。

到底时值圣诞节，上帝仍然眷爱世人，好不容易看到雾中有一朦朦胧胧的房状影子，走近一看，果然是个社区。

挨家挨户地敲，屋内的人从窗户看到两个陌生的东方人，都执意不肯开门，喊了几声亦充耳不闻，令人怀疑是否因为经济不景气，这一带居民把"保留给圣诞节的博爱精神"(Christmas spirit) 也消耗殆尽了？灵机一动，厚着脸皮使出最后的法宝，找了一家灯火通明的屋子，敲了门，在屋主上了门链开个小缝时，就赶紧递上"哈佛学生证"。果然生效。屋主是位老太婆，很亲切地接待我们，问长问短："受冻否？要否喝杯咖啡？"等等。然后还很具爱心地开车送我们到目的地，途中还告诉我们，三十年前她叔叔也是哈佛的学生，全家至今仍为他感到骄傲。

第一天到哈佛报到，一位香港来的梁姓侨生给我实施新生求生训练。他的告诫中，只有一项我比较不了解，就是晚上十点以后到"哈佛广场"(Harvard Square) 游逛时，倘若碰到成群不良少年询问是否为哈佛学生时，就直接答："不是！"否则免不了挨揍，因为这群孩子都是受不了家庭"望子成龙"的压力，又一辈子进不了哈佛，于是找哈佛学生的麻烦来泄愤。前些日有个电影，片名就叫《老天救救我们》(Heaven Help Us)，也可反映这类青少年的心态。剧中主角之一，是位教会学校的高中生，为了方便来日进入

爱憎交加

哈佛，刻意求取优异的成绩，不惜抄袭作假，甚至委曲求全奉承蛮横的老师。故事的结尾是这位学生突受"启蒙"，不再迷恋哈佛，和其他学生一起挺身反抗暴君式的先生。在片中，哈佛成了象征虚荣、不成熟与邪恶的渊源——也就是无辜的代罪羔羊了。

某次，在美国中西部搭"中央航空公司"(Central Airline) 的飞机，由于是螺旋桨的老飞机，离地面只有数百米，地上的麦田与农庄一览无遗，景色十分宜人。正在享受耳目之乐时，旁边添了个乘客，一看就知是个"庄稼汉"，他很礼貌地和我寒暄。当他知道我是哈佛的学生之后，我的耳朵就没有休息过："台湾在哪里？产石油吗？"我答说：

哈佛附近的民居

"没有。""那你怎么可能去哈佛读书？""不知道。""你是贵族吗？"我只好用沉默来做无言的抗议。下了飞机，我还在自度自己是否长得有点像阿拉伯王子？

有一次，朋友开的啤酒屋，伙计突然出了车祸，他们夫妇赶着去善后。我正好路过洛杉矶，只好见义勇为，粉墨登场。那段期间电视频频报导移民局扫荡非法劳工，到处风声鹤唳。唯恐遭受无妄之灾，有顾客上门，我总是老实自白纯属救人之急，并解释一下自己的身份。那一天，我和另一位小伙计不停从冷冻库搬啤酒出来，还要应付那些"每事问"的顾客，他们似乎以为哈佛的学生上自天文、下至地理都要知道一半方才够格。

美国是个人主义的社会，个人的隐私不但受到尊重，并且受到法律的保护，可是也造成意想不到的结果：人人似乎都有"心事谁人知"的苦闷。因此报摊、杂货店、酒吧，就变成他们闲聊、吐苦水的集体心理治疗场所。我听了他们的牢骚，总是安慰他们：个人无法控制的社会因素要对个人的不幸与挫折负绝大的责任。从前课堂上听来玄之又玄的"目标迷失"(goal disorientation)、"文化失序"(cultural dislocation) 等等概念，这时正可派上用场。听了我很具学术味道的解释，人人皆大欢喜，个个称赞是不同凡响的高见。言下之意，颇有相见恨晚之感。这些朴质的顾客，聊完天，大感顿解，心里畅快。个个扛着一箱箱冰冻的啤酒，准备同去酩酊大醉，以便庆祝生命的重生。

午夜十二点，一结算业绩，竟然打破这家店开业三年以来最高营业额。为了怕被抢劫，还请了当地警长前来关门（这家小店曾被抢过）。这件事可以说是我留学生涯最成功的"企业经验"。

颇受美国女性欢迎的时髦杂志——《今日妇女》(Today´s Women)，前些年有篇文章综述美国女人对美国男人的观察，其中一项是："如果一个美国男人是哈佛毕业的，在五分钟之内，他会有意或无意地告诉你他出身哈佛"。不久之前，我偶遇一位中国长者，彬彬君子，状似谦和，递给我一张片子，赫然印着"哈佛毕业"。可见《今日妇女》的观察虽不中亦不远，所不同的是，在东方世界"一分钟即要决胜负"，哪待得上五分钟呢？

哲人之怒

1977 年 12 月，"国际现象学会"在波士顿成立，四方俊彦麇集。《纽约时报》为此还做了特别报导，并在文中附了一张以哈佛大学克朗凯厅为背景的照片；除了一位我认识的老教授外，照片中的学者个个意气昂扬，似乎暗示着欧陆哲学的大宗——现象学——终于打进这个西方解析哲学的重镇，并且还在该校举行成立大会，简直是"直捣黄龙"了！

照片中还有远从法国来共襄盛举的现象学大师吕刻 (Ricoeur)① 教授。当天他做了一个演讲：从他的现象学观点，大肆抨击亨普尔 (Hempel) 的历史理论。亨氏本为享盛名的科学哲学健将，那天竟然成为大会祭旗的牺牲品，也算与

---

① 吕刻，应是指保罗·利科。保罗·利科 (Paul Ricoeur, 1913.2.27—2005.5.20)，法国著名哲学家、当代最重要的解释学家之一。2004 年 11 月，被美国国会图书馆授予有人文领域的诺贝尔奖之称的克鲁格人文与社会科学终身成就奖。（编辑注）

有荣焉了。

如果把照片中的人物稍加分析，就会发觉竟然没有一位来自哈佛哲学系本科的教授，不知是否集体"恶意的缺席"①，或者无言的抗议？但再次印证了一项观察:欧陆哲学与英美解析哲学之间相互的沟通似乎仍然遥远得很；不仅谈不上"同情的了解"，甚至彼此都不承认对方是在从事有意义的哲学活动。这使我想起来，前不久，还有一位教授公然嘲讽海德格尔(Heidegger)的哲学是白痴的产物呢!

那天下午，读完书走出图书馆，在布告栏的海报上看到这次聚会的消息，匆匆忙忙，忘了刮胡子、换衣服，就径自跑到克朗凯厅。记得我悄悄地推开大厅的正门，马上就感觉到室内温馨的气氛与外面风雪交加的寒冬，形成强烈的对比。这个温馨的感觉是由暖气、厚红地毯与四面橙黄的墙壁交织而成的，其中当然少不了群哲交谈的声浪。可是我并没有和这片热络的气氛打成一片，冰冷的耳朵突然接触到室内的暖气，变得又痒又痛。

刚好赶得上演讲前的鸡尾酒会，与会人士，男的西装

---

①"absence of malice"原为法律专用词汇，意为"没有恶意的过失"。但此间竟将一部以此为片名的电影译为《恶意的缺席》，只好入境随俗一番。本文全属个人式的主观语言，意不在客观报导。

笔挺，女的晚礼服曳地。只看到侍者穿梭其间，忙着递上香槟与小点心。场内的哲士轻提着高脚杯，侃侃而谈；偶尔传来几许笑声（大概是智慧火花迸裂的时刻吧）。台上的女钢琴家，还有小提琴手似乎伴奏着这首新谱成的"哲学奏鸣曲"，以至浑然忘我。看他们沉醉于理性的思辩，好像世界的苦难明日就将获得解决。这种洋溢着希望与信心的知识气氛，只能亲受，无法言诠。

看了这一幕，遥想魏晋玄谈的境界，顶多也不过如此，突然觉得自惭形秽起来，因为有些人已经开始注意到我这个披头散发、衣衫不整的东方人，贸贸然地闯进。他们看我的眼光，使我想象到747的旅客刚刚看到日本"赤军连"的模样，只差自己头上没有绑上"必胜"的带子，否则就更像现象学大师吕刻了。正想回头从这地方消失，突然有位仁慈的老先生把我叫住。原来是史教授，想来他早已看到我局促不安的窘态；便走过来把我带到一边，问长问短，使我觉得自然、舒服一点。

大会的焦点自然是吕刻教授，长得瘦瘦高高，有鹤立鸡群的气概；四方之士就像众星拱月似的围绕着他，倾心地聆听他的话语。史教授虽然初次与吕刻教授结识，但同

哲人之怒

样为本会的创始人，关系当然不同。这位老先生一向对中国学生厚爱有加，竟然走过去从听众中把吕刻教授"借"过来。同时也把我拉到角落，一五一十地介绍一番。史教授接着对吕刻先生说："我这个学生头脑装了许多稀奇古怪的东西，满腔不合时宜，我在他那个年纪从来没有想过那些复杂的问题，不信我叫他请教你几个问题。"

我想当时我的脸色如果不是苹果红，就是猪肝色，像被赶上架子的鸭子没有路可走。为了不辜负老先生的"知人之明"，只好穷思力索，用那蹩脚的英语，结结巴巴地提了一个问题。我问说："吕刻教授，您与德国的伽德玛(Gadamer)是举世公认的现象学大师，能否告诉我们您的学说与他基本上有什么不同？"本来一般就认为伽氏比较属于原创性的思想家，吕刻则比较属于学识渊博的学者。

这个问题想必问着要点，吕刻先生听了很兴奋地作答。他说，他极够资格答复这个问题，因为伽德玛的名著《真理与方法》(*Truth and Method*) 就是由他移译成法文，介绍给法国学术界，所以他对伽氏的理论有很精到的理解；比起伽氏，他自己的理论更着重历史层面的问题，特别是在诠释学 (hermeneutics) 方面。

吕刻教授讲话声调很高，可能是用外语说话的缘故，手势特别多，全身都有动作，表面看来似乎是很神经质的人。我一方面要很努力地适应他法国腔的英语，另一方面又要理解他谈话的内容，眉头不禁皱得紧了一些。吕刻教授误以为我不相信他的解说，竟然冒出一句话："你得要相信我！"其实这句话是多余的，我对大师级人物早就佩服得五体投地。

史教授站在一旁本来微笑不语，见状连说："好问题，问得好。"听到如许的赞语，内在的"自我"(ego) 猛然有无限膨胀的舒适感。那时年轻气盛，不知持盈保泰的道理，忍不住想多提一个问题以便滋润那久已萎缩的"自我"。

我忙着问："昨夜刚巧读到利瓦伊斯特劳斯 (Levi-Strauss) 的《忧郁的热带》(*Tristes Tropiques*)，利氏主张知识与实体之间并无连续性质，所以现象学的方法根本行不通。不知尊意为何？"只听到吕刻教授颤抖地叫了一声："白痴 (idiot)！"我还未从他的声浪中苏醒过来，不知何时他已走回人丛。当时我不敢斜视史教授脸上的表情。

不些时，演讲正式开始，吕刻教授上台先致贺词，然后才进入本题，接着史教授上台担任主评，特别提醒吕刻先生，欧洲人并非唯一具有强烈历史意识的民族，至少中国人就拥有悠久的历史传统。史教授评论完，其他人士相继发言，各自发挥一番，颇有百家争鸣的盛况。结果各种言论杂陈，全场就是没有人理会亨普尔理论的真意为何；个个像似唐·吉诃德，不落人后地对稻草人做勇猛的冲刺。包括我在内，从演讲开始，就忘记亨普尔是何许人，心中老是盘旋着：吕刻先生的"白痴"指的是我，还是利瓦伊斯特劳斯？

哲学祭酒

看过《爱的故事》(*Love Story*) 这部电影的人，可能还记得电影中的一段对白：男主角向女主角抱怨他一直无法脱离父亲的控制。女的反问：何以见得？他眼神凝注着女孩背后的建筑物，缓缓地答说：我们正站在我父亲所捐赠的大楼的阴影下。

电影中的楼房就是哈佛大学哲学系系馆——"爱默森①楼"(Emerson Hall)，是栋长方形建筑，用"哈佛红"(crimson)砖砌的三层楼，木制的窗子雅意盎然，墙壁爬满了青绿的常春藤，棕色枝干从屋檐垂到地表，正门平台的石阶站立了两盏路灯，似守护神，是栋很有味道的古典建筑。1982年的春天，有一次我到"爱默森楼"上课，离这栋优雅的建筑，约有三十码时，我却一点也没有电影院中的观众那

---

① 现今常译为"爱默生"。（编辑注）

么幸运，可以闲情逸致地享受视觉美感，因为瞬间就要被迫去做一个"存在的抉择"。

"爱默森楼"周遭的入口都被一群群抗议"南非歧视政策"的学生包围着；哈佛是私立学校，必须依靠投资股票才能维持下来，"南非股票"一向利润丰厚，学校当局自然不会放失机会，因而投资了不少钱在上面。但从这些纯洁又自认是正义化身的学生看来，哈佛买南非股票就等于支持南非政权去压迫有色人种，于是发起全校罢课的示威运动。

这些示威者站在入口的中央，试图说服每一位前来上课的学生加入罢课的行列。有些人觉得他们"持之有故，言之成理"，掉头就走了。另有些人想进去上课，却被挡在门外，因此双方不免唇枪舌剑一番，展开激烈的辩论。他们声震遐迩，老远就可以听到，其气势绝不下于古代罗马的议事厅。

我对"南非问题"素无概念，一心只想安全过关以进楼上课，惜苦无对策，焦急得很。在不知不觉中，已经走到"爱默森楼"的大门，示威者采取紧迫盯人的战术，马上有一个白人女孩走上来解说要我支持罢课，一时窘迫不

爱默森

哈佛大学的爱默森楼

爱默生的住所-1

爱默生的住所-2

知如何是好，只好说："小姐，对不起！我是要进去上厕所。"这位小姐即刻闪到一旁，连说："对不起，赶快进去！"

走进大楼，我没有往地下室的盥洗室去，反而顺着楼梯，走上三楼的 305 室，罗尔斯 (John Rawls) 教授授课的地方。一步一步走上阶梯，心里还在想：刚才自己是机智还是怯懦呢？愈想愈恼，不禁汗流浃背。

教室的门敞开着，一反平常，只有少数几个学生稀稀落落地坐在里面，有些人闭目养神，似乎为了稍稍调养方才受惊的"良心"，以便待会儿可以聚精会神地上课。罗尔斯教授准时走进教室，环视教室一周，做了简短的辩白。他说，越战时，学生同样要求他停课；学生的观点他固然同情，但作为一个教师的责任就是尽其本分把书教好，罢课绝不能作为伸张政治立场的工具，所以他无法苟同，今天亦不例外。说完后，就开始进行严肃的哲学讨论，听他徐缓但坚毅的口吻，仿佛世界上任何事情也无法阻扰他上课的决心。顿时我觉得他很像《万世师表》中饰演教师的彼得·奥图，把一个内在感情丰富、但外表冷静理智的角色，表现得淋漓尽致。

第一次知道罗尔斯教授的名字是在"哈佛合作社"的"教

科书售卖部"；闲来最喜欢在那个地方逗留，随意翻阅琳琅满目的书籍，真是知性的一大乐趣。很快地，我就发现一本绿皮的平装书——《正义论》(*A Theory of Justce*)，为许多系所共同采用，譬如政治、社会、经济、教育、法律等等，哲学系更不用说了。什么书有这么广泛的影响力呢？我万分好奇，便买了一本回家。可是翻一翻，似懂非懂，不能领略其中奥妙。

帕特南 (Hilary Putnam) 教授素被誉为解析哲学的鬼才，以观点新颖、锐利见称，成就涵盖多方面，举凡科学哲学、语言哲学与数理逻辑，皆是其看家本领；为人有点恃才傲物，嘲讽其他哲学家更是家常便饭，但他颇能与学生打成一片，支持学生运动，甚受学生爱戴。某次帕特南在课堂上竟然宣称："罗尔斯教授堪称 20 世纪政治哲学的祭酒。"而与罗尔斯齐名的同事，那契克 (Robert Nozick) 教授却被他评得一文不值 ①。

费思 (Roderick Firth) 教授是我所敬爱的先生。教起书

---

① 哈佛大学的罗尔斯、那契克和牛津大学的德沃金 (Ronald Dworkin)，被认为是新自由主义的代表者，但观点不尽相同。那契克和德沃金的作品都是想修正罗尔斯的论点。那契克著有《无政府、国家和乌托邦》(*Anarchy, State and Utop*)，曾获"国家书卷奖"；德沃金著有《正视权利》(*Taking Rights Seriously*)。帕特南教授批评那契克的正式用语是"我在智识和道德上都看不起他"。

来，要言不繁，条理分明，授课内容十分均衡，颇能引导学生循序渐进做深入的探讨，是个很具耐心与爱心的教师；不像有些先生，着意表现自己，只顾成一家之言，落得顾此失彼、难以收拾的局面。伦理哲学是他的拿手好戏，听他分析哲学论证，娓娓道来，十分享受。依照他发的课程纲目，最后一堂正是"罗尔斯的理论"，一大早便兴冲冲跑去教室占位子，想看看他怎么评估罗尔斯。结果失望得很，他竟然没有谈到罗尔斯的论点，只在结束时交代说："罗尔斯先生现在就在我们隔壁上课，我希望诸位来日有幸聆听伟大的哲学家讲述自己的哲学。"我只好去上罗尔斯教授的课。

"305教室"是间可以容纳七八十人的教室，第一天上课，挤得水泄不通，毫无容身之地，走道上坐满、站满了人。罗尔斯教授进来后，原来的嘈杂倏然消失了，四下一片静寂，然后是罗尔斯教授翻开讲义的声音。他习惯性地看了一眼学生，然后用那半沙哑的喉咙开讲，我很快就发现罗尔斯教授有严重的口吃，他说到"文明"时不是一气呵成的，而是"文—文—文明"(ci-ci-civilization)，我禁不住笑了出来，前座的学生马上回头瞪了我一眼，似乎我犯了大不敬之罪。

老实说，罗尔斯教授讲演并不精彩，他不是属于那种故作惊人语以哗众取宠的演讲者；但不可否认，他平淡低沉的语调里蕴藏了丰富精深的内容，课前若不稍作准备，就很难理解他的论旨。

在"政治与社会哲学"这门课上，他从霍布斯 (Hobbes) 的《利维坦》(Levathan) 一路讨论下来；在另一门"伦理哲学的问题"中，他主要检讨康德 (Kant) 的道德哲学。其实从这两门课，就大略可以窥测他的巨著《正义论》的思想泉源：霍布斯的"契约论"和康德的"形式的进路"(formal approach)。在他以"原始立足点"(original position) 的概念，依据不同权利原则，逐步建构成"公义社会"中，更是把两家长处结合得天衣无缝。

罗尔斯是西方近两百年第一个能有效响应"功利主义"挑战的哲学家。自启蒙运动后，"契约论"的阵营后继无人。相反的，在道德与经济思想方面，"功利主义"阵营名家辈出，例如：边沁 (Bentham) 和穆勒父子 (James and John Mill)，终取代"契约论"而成为 19 世纪哲学的主流。这其间当然还牵涉到历史与社会环境的变化，但"契约论"的没落却是毋庸置疑的。

罗尔斯剖析起康德的《实践理性批判》(*Critique of Practical Reason*) 和《道德形而上学原理》(*Groundwork of the Metaphysic of Morals*)，表面上，像似三家村的老学究教孩童初读"语孟"，反复厘析，务必做到句读无误，方才罢休。实际上，他是对康德哲学做层层剥落的工作，然后再环环相扣，步步逼近康德的体系。经他导读一遍，等于在康德哲学的大观园巡行一过，沿途如山阴道上，红花绿木，目不暇接，至此始知何谓学问！平时对康德哲学的几成自信也随之崩解。

某次有位朋友远道而来，他心仪罗尔斯已久，意欲随我去旁听。波士顿初秋的下午，夕阳斜照，有点暖意，最适合听哲学讲演。罗尔斯那天很卖力地论述他对康德哲学的解释，意在反驳 20 世纪"功利主义"的大师穆尔 (G.E.Moor) 的论点，真是毕生罕见的世纪大对决。罗尔斯讲到紧要处，适巧阳光从窗外斜射进来，照在他身上，顿时万丈光芒，衬托出一幅圣者图像，十分炫眼。正想提醒我的朋友把握住这历史的片刻，作为哲学的见证，没料到他老兄竟然东倒西歪地呼呼入睡，两千年前，孔子感叹"宰予昼寝"的心情，至此完全体会。

哲学祭酒

学期结束，罗尔斯教授讲完最后一堂课，谦称课堂所谈全属个人偏见，希望大家能做独立思考，自己下判断。语毕，走下讲台。全部学生立即鼓掌，向他致谢。罗尔斯教授本来就有点内向害羞，频频挥手，快步走出讲堂。可是在他走出后许久，掌声依然不衰，冬天拍手是件苦差事，我的双手又红又痛，问了旁边的美国同学到底还要拍多久，他答说："让罗尔斯教授在遥远的地方还可以听到为止。"西方人对大学者的尊敬之情，在此流露无余。

在那几年，有件事经常困扰着我：波士顿的严冬是十分寒冷的，人被活活冻死的事时有所闻。在这种酷寒的天气下，别人厚衣重裘，罗尔斯教授却总是着一件单薄的长袖衬衫，在校园中如闲云野鹤般地晃来晃去，好像他的哲学睿见已经凝聚成一股不化的精神内功，力可御寒；使我这个远从亚热带负笈他乡的孩子，景仰至无以言喻。有一次，上罗尔斯的课，久候不来，学生窃窃私语；终于助教走进来，以狮子吼的嗓子宣布：罗尔斯先生感冒，停课一天。从此我了解到，原来伟大的哲学家也是肉体之躯，跟我没什么不同，心里如释重负。在哈佛六年中，那夜睡得最为甜美。

但是先生

看过圣诞老人的人，都可以想象史华慈(Benjamin I. Schwartz)教授的样子：除掉少了白白长长的胡须，他和圣诞老人一切都很相像，既祥和又可爱。

在学术界，尤其西方汉学的领域里，许多人知晓史华慈教授的大名；有一年，哈佛学生还把他的肖像印在 T 恤上，其受学生之爱戴于此可见。知道他在学术上成就的人却极少晓得他就是二次大战中，破解日本准备无条件投降的密码的功臣。那时，他是美军上尉，专司破解日军密码的工作。从事分析密码的人，平常就得要心思细密，反应灵敏，才能争得时效。这同时也是史华慈教授做学问的长处。

我的老师与史华慈教授相知甚深，素来又主张人不能忘本，认为中国人来此虽是主要为了学习西方文明，却不能忘却本国文化；因此极力推荐我去上史华慈教授的课，

约翰·罗尔斯教授

本杰明·史华慈教授

康德

以便从不同角度来了解中国文化。临行前谆谆教诲，要我用心学习，希望能给史华慈教授留下"深刻的印象"。所谓"深刻的印象"，就是史华慈先生记得你的名字，老师如是说。听了临别赠言，大惑不解。回想后来的际遇，才恍然大悟。

史华慈教授博学深思，经常与古人精神相往来，英文词汇"absent-minded"（意谓沉思以致忘记周遭所发生的事情）似乎是特别为他铸造的，以致人间俗事他难得记上几桩。头一次想和他约个时间面谈，秘书便说："不必约了，只要看他在研究室里头，直走进去就是了。"

半信半疑走到史华慈先生的研究室，门敞开着，但是外头坐满一排人，个个做沉思苦闷状。相对的，室内史华慈先生谈笑风生，造访者更是手舞足蹈。我仿佛是置身医院的候诊室，而史华慈教授极像名医，各科知识上的疑难杂症，一经诊断，药到病除。由于候诊者众，好不容易才轮到我，虽然只有短短的五分钟，我发现史华慈教授是位很谨慎的医生，在症状不明之前，不随便开药方。

我们会谈中，有位学生闯进来要跟史华慈教授拿介绍函；史华慈教授极亲切地和他打招呼，连说："准备好了，只差你的名字没有填进去，请问你的尊姓大名？"我和这位学生一起走出来，他跟我抱怨说，他已经跟史华慈教授念了五年书，至今史华慈先生仍然记不起他的名字。可是据他说，比起另一位同学他还算幸运。那位学生刚从越战回来复学，跑去找史华慈教授讨论问题，相谈甚欢，史华慈教授很兴奋地告诉他："我以前有一个学生的思想和你十分接近，他叫×××。"其实他眼前的这位学生就是史华慈先生记忆中的某某某。听了这番话，我突然想起，在刚才的会谈中，史华慈先生似乎没有问起我是谁。

史华慈教授对俗事的健忘是非常有名的。平常有人约晤，他总是诚恳地拿出小记事本，很郑重地问："几点？在哪里？"可是结局很可能都是贝克特 (Beckett) 的《等待戈多》(*Waiting for Godot*)。有一回，一位事先跟他约晤的同事在哈佛燕京学社旁边的路上看到史华慈一脸茫然状地绕来绕去，他趋前问候，没想到史华慈竟疑惑地问他："我忘记跟谁约哪儿见面了？"更有一回，史华慈先生在我们课堂上，讲得神采飞扬时，一位同事冲进来打断说："终于给我找到了！"所以，每次我跟史教授信誓旦旦地约见时，他的秘书小姐总是摇头说："你这样约法没有用的啦！"可是想到史华慈先生待"将相公卿"与"庶民"一视同仁，心里也就坦然不以为忤了。

史华慈教授所授的"中国思想史"，体大思精，从大处着眼，常常可以照顾到中国学者的文化盲点，因此极具启发性。他的讨论课更能激发学生的思考能力。这种教书的本领没有深厚的学力作为基础是办不到的。

史华慈先生从事中国文化的研究极其偶然。他本来专攻法国思想史，早年曾写了一篇有关帕斯卡尔 (Pascal) 的文章，甚受赏识。近年他又发表一篇有关卢梭 (Rousseau) 的论文 [1]，极有见地；由此可以获知，若非他浸淫已久，绝难有如此精辟独到的心得。但后来哈佛"俄国研究中心"提供奖学金，他为了免于辍学之苦，决然改学与俄国有关的问题。史华慈先生三十二岁才开始学中文，但日积月累，却也培养了极佳的中文阅读知识。为了配合"俄国研究中心"的要求，他的博士论文便选了一个与共产党有关的题目。1951 年出版的《中国共产党与毛泽东崛起》(*Chinese Communism and the Rise of Mao*) 便是以他的博士论文为蓝本写成的。这本书原是为谋"五斗米"而作，却意外地使史华慈教授声名大噪，在学术界崭露头角。他在这本书中主张：马克思主义的发展，事实上是一个理论崩解的过程，

---

① Benjamin I. Schwartz, "The Rousseau Strain in Contemporary World." *Daedlus*, Vol.107.No.3 (Summer,1978),pp.193-206.

原来许多不稳定的观念都一一从马克思体系分崩离析，这从中国共产党的出现可以观察得最清楚。此书一出，有些自以为正统派的马克思学者大不以为然，交相攻击，但学术界不能不承认史华慈教授原创性的洞见。

随后，史华慈教授致力于中西文化的比较。在这方面，他选择了中国近代移译西方作品最有成就的严复作为省察的焦点。他发现严复的翻译不只与个人的关怀密切关联，同时意外地揭发了西方文化潜存的紧张性。

个人主义原本主张"个人"为最终价值所在，不可化约为其他实体。中国的严复对西方个人主义固然颂扬备至，却将之视为激发社会成员道德与知识能力的工具，倚之达成救亡图存、富国强民的目的。严复的翻译当然也是一种解释工作，他能够发现西方个人主义所蕴含的动力，不是西方思想家预先所料想得到的。史华慈教授的这本《富强的追求：严复与西方》(*In Search of Power and Wealth: Yen Fu and the West, 1964*) 的精彩处，便是不把严复的翻译与原作品的歧异，只当作一种移译的扭曲，却能在字里行间把握比较思想的含义。这一本书进一步确立了他在学术界的地位。

近年，史华慈教授把注意力上移到中国古代思想的研究，并以雅斯贝尔斯 (Karl Jaspers)"枢纽时代"(axial age) 的观念 [1]，来彰显先秦思想的突破性与对后来中国思想发展意向的影响。本来，史华慈教授的兴趣就是十分古典的，虽然写了许多中国近代思想的文章，并不妨碍他对"传统"的关心。至少有两件事情可以显示他对古典的兴趣：他早年一度想学佛学，念过一阵子巴利文。学巴利文已经够古典的了，但他还曾远赴英国学甲骨文。

史华慈教授有一位哈佛同窗列文森 (Joseph Levenson) 教授，同样关心近代中国思想转化的问题，他曾经提出一大套理论来说明中国文化在现代世界的困境，以及中国知识分子处境的尴尬。首先，列文森认为"历史"(history) 和"价值"(value) 经常相互冲突。近代史显示出：面对西方文化的挑战，传统中国文化显得软弱无力，甚至如同博物馆中的埃及"木乃伊"，仅残存鉴赏的唯美价值，以致近代中国知识分子往往陷于一种矛盾的情境：感情上依附传统，理智上却疏离传统。在学界，这套貌似周延的理论一度十分吸引人，加上列氏挟生花妙笔之助，此说更是风靡一时。

① Benjamin I. Schwartz, "Transcendence in Ancient China," *Daedlus*, Vo1.104,No.2 (Spring,1975), pp.57-68.

但是先生

是故列氏离开哈佛后能在伯克利 (Berkeley) 建立自己的学派。

反观史华慈教授的研究取向则颇有不同。他对于大理论时常持着怀疑的态度，立说异常谨慎，若有任何陈述，则一再界定清楚，直至无疑异为止。他认为，现代的社会不可能与传统完全隔绝，人亦不能活在历史之外，传统有可能崩解，但个别的组成元素却可能保存下来，或者更加发扬光大。例如中国的民俗文化即为其中一端。

在《莫扎特式的史家》(*The Mozartian Historian*) 这本追悼列文森不幸英年溺死的论文集中，史华慈教授毫不吝惜地给予列文森的学术贡献以相当高的评价，但是他也忠实地指出他们之间的歧见导源于列氏对"历史主义"(historicism) 与"文化整体观"(cultural holism) 的执着，致使中国文化转化的问题变得几乎不可能①。

列文森才气纵横是毋庸置疑的，但由于他的作品就如同莫扎特的音乐，只能赞赏却不能学习，而致后继无人，凋零得异常迅速。史华慈教授反因个人稳健厚重的学风，逐渐发展出一套有入手处的治学训练，而门生满天下。这

---

① Benjamin I. Schwartz, "History and Culture in Thought of Joseph Levenson," in *The Mozaraan Histonan, by Maurice Meisner and Rhoads Murphey* (Berkeley, Los Angeles and London, 1976), pp. 100-112.

似乎是宋代"朱陆之争"的一幕在美国的学术界重演。

史华慈教授对人生复杂面的认识，使他的知识形态趋近于以赛亚·柏林 (Isaiah Berlin) 所谓"狐狸型"的学者。有些社会科学家碰到史华慈教授总是很头痛，他们辛辛苦苦建立起来的理论模型，往往经不起史华慈先生锐利的批评，因此有人戏称他为"理论的破坏者"。因为他讲话常带有口头禅："我希望我能同意您，但是……"于是学界咸封之为"但是先生" (Mr. On the Other Hand)。

身为犹太人，史华慈先生非常热爱固有的文化，有机会就勤练希伯莱语以示不忘本。他有一次到以色列访问，刻意用希伯莱语讲演，虽然讲得兴高采烈，但在座听众没有一个知道他在说些什么，个个都用疑惑的眼神望着他。原来史华慈先生以往自修的是古希伯莱语，非现时通用的新希伯莱语。平常他对以色列的时事十分关心（他的儿子更是勇敢地返回以色列，加入最危险的伞兵行列）。但另一方面，他又能打破种族藩篱，对人类的文明产生普遍的关怀；特别是对中国文化，他具有极为深刻的"同情的了解" (sympathetic understanding)。

根据我的一个不太严谨的观察，在西方，研究中国问

大雪之后

题的学者总是比较忧心忡忡，而研究日本的学者，总是比较乐观活泼。为什么呢？因为一个浸淫于他的研究天地的人，是很难不受其研究客体的影响的。而中国近代的历史是以一连串的挫辱堆成的，日本近代历史，除了二次大战后短暂的失败外，大多是趾高气扬的，两国际遇的休塞，也就影响了研究它的学者。

这个观察在史华慈教授身上也得到印证。有一次在风雪交加的傍晚，看到他佝偻着背，踽踽独行，白白的雪花飘落在他深灰色的大衣上，两肩的雪片微微堆起，就仿佛古代的犹太文化和中国文化压在他肩膀上面，难怪他走得那么缓慢，那么沉重。随着漫天纷飞的雪片，不知什么时候，史华慈教授的背影被吞没了。消失在茫茫大雪中。

学舍讨论会

哈佛全校的建筑以"哈佛红"(crimson)为主,但神学院例外——它是由一块块灰色石头砌成的长方形建筑,正中间起了一个钟楼,模样颇不俗。

虽然在哈佛已经待了些年,但心里总是缺乏进去探究一番的欲望。第一次进去,是为了上尼布尔(Richard Reinhold Niebuhr)教授的有关康德(Kant)、柯尔律治(Coleridge)和徐莱马赫(Schleiermacher)的"神学思想"的讲演课。

尼布尔先生是20世纪著名神学家莱哈·尼布尔(Reinhold Niebuhr)的儿子,同时是另一位神学家理查德·尼布尔(Richard Niebuhr)的侄儿,说是出身神学世家一点不为过。为了纪念他们,他的名字取作"理查德·莱哈·尼布尔";然而也就因为如此,据说他时常活在两位神学大师

莱弗里特学舍

的阴影之下，心理压力颇为巨大。[①]

尼布尔教授本身虽为牧师，言谈之间却稍嫌辛辣，常自嘲讽。可是没有学生会否认，上他的课是极大的精神享受。从前自己也稍稍摸索过康德、柯尔律治的作品，但只能算是囫囵吞枣。经由尼布尔先生逐步解析，才豁然发觉其中蕴藏着深邃的宗教经验。尤其在他讨论柯氏《信天翁》（"Albatross"）长诗的片刻，尼布尔先生全神投入解说该诗象征"人类焦虑无助"的表情，多年后回忆起来仍然历历在目，万分动人。

记得那天下午，还赶着去上亨里奇（Dieter Henrich）先生数年一开的"黑格尔"（Hegel）。哈佛外来的客座教授不在少数，成名的学者总不会放弃在此一放光彩的机会。亨里奇先生即是远从德国海德堡大学邀请来的客座教授。其实前一年即心仪他对欧陆哲学的造诣，特别在晚上跑去上他和皮佐诺（Alessandro Pizzorno）先生在"学舍讨论会"（house seminar）合开的"韦伯"（Max Weber）。[②]

---

① 莱哈·尼布尔著有《道德的个人与不道德的社会》（*Moral Man and Immoral Society*）；理查德·尼布尔是他的弟弟，据说亦笼罩在他哥哥的阴影之下。

② "学舍讨论会"是欧洲的学制，只将课程开在学舍里，主要供住舍生选修。哈佛仍部分保留这个传统。

　　皮佐诺先生是意大利声名卓著的政治社会学家，而亨里奇先生在早年也曾发表过关于韦伯的论著，其中洞识韦伯与布克哈特 (Jacob Burckhardt)[①]之间思想的牵联，更是罕有的睿见。两位名家合开"韦伯"，允为盛事。那晚兴匆匆跑去"莱弗里特学舍" (Leverett house)，当那些大学生慢条斯理地在学舍餐厅里享受晚餐时，我已经在隔壁会客厅的圆桌占了一席之位。皮佐诺先生来得早，两相对看，就闲聊起来。他抱歉亨里奇先生今年无法抽空来此开课，此课由他独自负责。原来很高的期望顿时一落千丈，心里很是失望。下了课，他所上的东西都忘了，只记得皮佐诺教授教我如何念他的名字"皮—佐—诺"。

　　没想到盼了一年，终于如愿以偿。"黑格尔"这门课快开始的前一个礼拜，哲学系的系主任还特别介绍亨里奇教授为当今研究康德与黑格尔的权威。一上课，果然气宇非凡，学力浑厚，如数家珍式地从德意志哲学传统解析黑格尔哲学的形成，到底是自家人道来，觉得亲切有味，很是道地。前此阅读英美有关黑格尔的著作，总觉隔了一层，论旨不十分显豁，像雾里看花。是耶？非耶？甚难把握黑格尔的

[①] 布克哈特是 19 世纪瑞士著名的历史学家，对群众运动和民主政治持悲观的看法。最重要的作品是《文艺复兴时代意大利的文明》(*The Civilization of the Renaissance in Italy*)，将"个人主义"的出现视为近代西方文化的特征。

意旨。这个缺点连高明如泰勒 (Charles Taylor) 的巨著[①] 都难以免除。

感动的是亨里奇教授的开场白。他很自信地表示：他对黑格尔哲学的阐述，三十年后必定会在美国哲学界造成不可忽视的影响。这种信心，我想不是狂妄，而是建立在一个伟大辉煌的哲学传统之上。

那天经过一整日的脑力激荡，像似远航的渔夫满载而归，身子虽然疲惫，心情却愉悦万分。走回宿舍的途中，心里突然想起一段久已忘记作者的演讲词：德意志足以向世人骄傲的不是她曾经拥有腓特烈大帝或俾斯麦，而是德意志曾经产生了伟大的文化英雄——歌德、贝多芬、康德和海涅……

[①] Charles Taylor, *Hegel*(Cambridge,1975).

哈佛大学自然博物馆

哈佛的一天——知识的拾穗

早晨起来一如往昔，以"杂粮"(cereal) 拌着牛奶果腹，虽然营养学家一再警告专供早餐用的"杂粮"营养成分还比不上包装它们的纸盒子，但是老习惯改不了，况且取用方便。

翻开课程表，这天有两门课；虽然起得早，精神仍然为之一振。背了书包，走出宿舍，迎面吹来初秋的凉意，颇为清新爽人。穿过马路，沿着木栏杆走过"哈佛博物馆中心"，是一栋六层楼红色长方形的大建筑物，里面有动物、植物、矿物、考古等馆，最著名的乃是植物馆所陈列的世界仅存的一套玻璃花，栩栩如生，巧夺天工，为一对父子尽毕生之功所制成，可惜另外一套于二次大战中，在德国被无情的战火摧毁了。

从地质馆的小径走出，看到伍德沃德 (Woodward) 教授

曾用于教学的玻璃花-1

曾用于教学的玻璃花-2

徐徐地把蓝色的奔驰汽车开进他的停车位子，车位前端竖着绿色栏杆，顶端横挂着红色的牌子，上面写着他的名字，表示只供他专用。

这是哈佛大学对诺贝尔得主的礼遇，伍德沃德教授是20世纪最伟大的生化学家之一。有关他的事迹不停地在哈佛学生中流传，例如，他打破所有记录，一年内取得麻省理工学院的博士。蓝色似乎是他的偏好，他平时喜欢穿蓝色的西装，开蓝色的车子，咬根烟斗，颇有一代宗师的气派。他的停车位置漆成蓝色，上面画着一颗白色的星星。依校

麻省理工学院

方规定，任何时候都禁止别人将车子停放在他的车位，以免耽误他的研究工作。

虽然每次和他照面时，只是礼貌性地挥个手，说声："嗨！"却使我朝气蓬勃，对知识充满了无限的憧憬。每次看到他的研究室灯火彻夜通明，就使我这个素来主张以"才气念书"的文科学生心惭不已。有一阵子，很久没在上课途中遇到伍德沃德教授，车位也空空的，心里十分纳闷；后来读报，才知道他已因肠癌去世。我想他并不知道，在他一生之中曾无意地鼓舞了一个对生化毫无所知的东方孩子，去努力追求自己的理想。

讲到伍德沃德，就不能不提一提每次走过物理馆与化学馆时的那份虔敬的心情，因为共有十位诺贝尔奖的学者在里边兢兢业业地工作。右转经过以收藏中文书籍出名的"哈佛燕京图书馆"，就是巍巍高耸的"威廉·詹姆斯大楼"(William James Hall) 了，取是名显然是为了纪念已故美国哲学家威廉·詹姆斯。整个建筑物远看像个中国"神位牌"，高达十七层，是全哈佛最高的建筑物，与邻边只有二层高的"哈佛燕京图书馆"相比，就好像巨人站在侏儒旁般不相称。这个大楼只由"社会系"和"心理和社会关系"(department of psychology and social relations) 合用，其实后者就是其他学校今天通称的"心理系"；哈佛一向尊重传统，除非万不得已，不轻言改变。例如，别人都已改称"政治学系"(department of political science)，它却仍然沿用"政府系"(department of government) 的名称，以维持旧有的气势。有一回"政府系"的师生开了一个派对，有个外人混在里面，"政府系"的教授问他："请问您是……？"对方答说："我在哈佛政治系。"话声甫落马上被轰出去。哈佛哪有政治系？

头一堂课是"社会人类学与社会理论"，由"梅伯丽-刘易斯"(David H.P. Maybury-Lewis) 教授讲授。据说这位先生因崇拜他的老师——功能学派的大师"拉德克利夫-布朗"(A.R.Radcliffe-Brown) ——的学说，竟然把母方的姓也加在父系姓上，以示追随师门，尊重母系，自我标榜一番（按：Radcliffe 是母姓，Brown 是父姓；Maybury 是母姓，Lewis 是父姓）。他本人则因与利瓦伊斯特劳斯(Levi-Strauss)论辩南美洲土著部落的亲属结构而闻名。讲课条理清晰而简洁有力，甚能把握他人理论的重点。

下了课已届午时，于是走上二楼的餐厅。拿了餐盘，

威廉·詹姆斯大楼

放好果汁和面包，想找个靠窗的位子，一边用餐一边回味刚才课堂的讲演。回头看到贝尔 (Daniel Bell) 教授的餐桌还空了一个位子，虽然修过他的课，可是终究没有勇气和他并坐用餐。唯恐消化不良，只礼貌性地和他点点头。

贝尔教授近年右眼不佳，常戴一个黑眼罩，远望有点像海盗船的"独眼船长"。脾气相当古怪，我记得有一回他在课堂上对着我们说："哈佛学生中最聪明的是大学部的，次聪明的属硕士班，博士班最笨！"把我们这两三只博士班的"老苍蝇"糗得真想挖个地洞钻进去。话说回来，贝尔脾气虽怪，却没有人会否认他是一位杰出的思想家。近年他与伯克利的本迪克斯 (Reinhard Bendix) 教授和芝加哥大学的希尔斯 (Edward A. Shils) 教授等被合称为"新右派"，但即使是左派的学生都不得不佩服他对马克思学说精湛的剖析。

哈佛社会系正值青黄不接，大师级的人物，例如结构功能学派的帕森斯 (Talcott Parsons)、交换理论的创始者霍曼斯 (George Homans) 都凋零了，只有贝尔先生一人，硕果仅存。

偶尔才有艾森斯塔得 (S.N. Eisenstadt) 从以色列前来助阵，艾氏以《帝国的政治体系》(*The Political System of*

哈佛的一天——知识的拾穗

哈佛大学燕京图书馆

哈佛大学燕京图书馆，现今与东亚系共用。燕京图书馆所藏主要是东亚研究资料

Empires)享誉学界，一向被视为历史社会学的泰斗。长得矮胖精悍，目光炯炯，上起研究生的讨论课，充满了斗志，自谓无畏知识的挑战，欢迎任何激辩。是氏也是社会系一大名人。除了他与贝尔教授之外，社会系几乎没有重量级的人物足以御侮。难怪社会学界的新秀，剑桥大学的吉登斯(Anthony Giddens)，敢跨过大西洋，到哈佛大谈他的"结构动态形成"(structuration)。有次吉登斯在讲演中，提到帕森斯，竟然做出西部枪手决斗的手势，口中喊了一声："砰！"似乎帕森斯就应声而倒了。真是应验了中国一句俗语："时无英雄，使竖子成名。"

贝尔教授在 1960 年代以《意识形态的终结》(*The End of Ideology*) 一书引起学术界莫大的辩论。二十年后的今天，意识形态之争，不仅没有因为科技进步而逐渐消除，反而愈演愈烈。近年贝尔教授的注意力转移到工业化后的社会研究，他的名著《工业化后社会的来临》(*The Coming of Post-Industrial Society*，1973)，已译成多种语言。依贝尔教授的观点，"知识的分配与服务"终究要成为组织新社会的主轴。

如果说年轻人的思想不定型意味着不成熟，那么以此来描述一个老年人却是一种赞语。贝尔教授就是这样的老先生，最近他一方面和信息专家合作探讨计算机应用对社会组织的冲击，另一方面却致力于探讨宗教与人类文化的关系。一个人可以把"计算机"与"宗教"齐驱，真是不可思议。贝尔先生并不是和蔼可亲的人，对学生要求极为严格，教起书来，敬业执着的精神令人感佩。有一回有位学生在课堂上打瞌睡，立即被他唤醒："对不起，先生！这里是教室，不是宿舍，要休息请出去。"学生连忙致歉，解释说昨夜读书太晚，劳累所致。但贝尔先生辞色仍不稍宽贷。

下午的课是席克拉 (Judith Shklar)[①] 教授的"古代政治理论"。她是第一位留在哈佛任教，同时获得讲座教授 (chair professor) 殊荣的女性，著作等身，尤以研究卢梭、黑格尔驰名。瘦瘦高高的，讲课声调比起别人高八度，置身讲堂，如在乐厅聆听歌剧，一些抽象的观点都被她讲得活灵活现。她讲课很能考虑到真实感，把距离遥远、甚至玄妙不可捉摸的思想从九重天拉回人间世来。能够把抽象的思维具体化谈何容易，但这正是席克拉教授吸引人的地方。记得她讲圣·奥古斯丁 (St. Augustine) 的《上帝之城》(*The City of*

---

① 莱迪·史珂拉（Judith N. Shklar, 1928—1992），哈佛大学政治学教授，历任美国政治哲学与法哲学协会主席、美国政治科学会主席、美国艺术与科学学会研究员等，自由主义思想家。（编辑注）

God) 象征中古政治思想的结束，那种庄严中又带有落寞的表情，至今犹令人回味。那个表情充分体现出一个伟大时代的落幕那种悲壮感。

每逢她授课完毕，学生无不还以热烈的掌声，使得席克拉教授必须再三谢幕，才下得了讲台。后来，她苦于应付这烦琐的礼节，干脆规定学生下课后不准鼓掌。想想这位教授，不也是一绝吗？

跛足的英雄

　　在哈佛求学的那些年中，有两场演讲留给我极深刻的印象：一场是 1980 年 9 月，斯坦纳（George Steiner）[1] 在语言教室演讲厅所做的演讲，题目是"史家的真理与艺术家的真理"。斯坦纳是著名的文学评论家，他的名著《托尔斯泰或陀思妥也夫斯基》几乎是研究两位文豪所必读的经典。

　　斯坦纳先生辈分高，声名早已确立，加上近年隐居瑞士，极少外出走动，因此讲堂早被门生故旧与仰慕者挤得水泄不通，逼得一些教授，例如哲学系的那契克（Robert Nozick）等只好和我们莘莘学子席地而坐。虽然那天听讲环境很差，人挤，空气又不好，但一等斯坦纳先生开讲，全场一如着魔，

---

　　[1] 乔治·斯坦纳（George Steiner，1929—2020.2.3），美国文学批评家，出生于法国巴黎，以德语、法语、英语为母语，先后在哈佛大学和牛津大学获得硕士及博士学位，当代美国最杰出的知识分子之一，不列颠学会会员。出版有《漫长的星期六：斯坦纳谈话录》《思想之诗：从希腊主义到策兰》等。（编辑注）

即刻被他精彩动人的演讲吸引住，个个浑然忘我。

当时美国学界正强调"科际整合"，鼓励各种学科互相合作，导致大家经常以接受其他学科与否，来断定一位学者是前进或保守。可是斯坦纳先生却一反风潮，非常怀疑社会科学带给历史写作的好处。非仅如此，法国的"年鉴学派"(The Annal School)①，首当其冲，遭他猛烈的抨击。斯坦纳特别举出近年对德国纳粹政权的研究，虽有不少年轻学者援用心理分析、政治运动等新颖的概念从事解析，但其透视力却远不如传统写史方式来得锐利。因此他大声疾呼：历史研究应该回到米希列(Jules Michelet)、麦考利(Thomas Macaulay)等的写作传统。斯坦纳先生的立足点显然是建立在亚里士多德之上，以为诗比历史更具有普遍的意涵。在这种观点投射之下，他主张文艺的写作传统显然比社会科学的方法更能把握历史的真相及本质。在当时随波逐流的思潮下，斯坦纳的讲演不啻是振聋发聩的警世钟。聆听之后，为之汗流浃背。

若说斯坦纳先生的演讲是欲图力挽狂澜，砥柱中流，

———————

①"年鉴学派"是目前法国最盛行的历史学派，主张"整体历史"，强调"结构研究取向"。老一辈代表为布洛克(Mare Bloch)、费布尔(Lucien Febvre)。新一辈以布罗代尔(Fernand Braudel)最著名，著有《菲力普二世的地中海世界》。

那么库恩 (Thomas S. Kuhn) 先生的受邀演讲却是哈佛大学对他个人"实至名归"的肯定。

1981 年，库恩返回母校演讲，盛况空前。"科学中心"里边拥有一千个座位的讲堂，早已被人群挤满，还有许多人徘徊在外，不得其门而入；主办当局只好另辟一室以电视转播。这比起有次我参加一个演讲，全场只有三个听众（主办者、我和另一位老人），不啻是天壤之别。因为我早已预料到如此，在讲演前半个小时，就和一位学物理的朋友占下了能够综观全场的好位子。

"科学中心"是由制造"拍立得"相机的公司捐赠的科学教育大楼，曾获建筑首奖（整个建筑物就像一部照相机般）。五个演讲厅皆呈梯形阶梯状，由于我们坐在底部角端，每个高处入口一览无余。经过我的朋友再三指点，我慢慢也能够分辨谁是诺贝尔奖得主。其实道理很简单：每逢他们进来，两道听众无不纷纷起立致敬，远望像煞波浪运动。我屈指一数，总共来了九位，包括库恩以前的指导教授在内。

库恩先生本来专攻理论物理，在撰写论文末期，由于教授学生"17 世纪力学"的需要，必须溯及亚里士多德；他突然遭遇一个困惑的现象：亚氏的伦理学与政治哲学至今仍旧历久弥新，但是亚氏的物理观念却完全无法以现代物理学的思考模式去理解。为了解答这个谜团，他对"科学史"产生了浓厚的兴趣，同时也改变了他一生的学术志向。

完成博士论文之后，库恩决心致力"科学史"的探讨。50年代以前，"科学史"虽有零星的著作，专业学者却极为稀少，一般学术界尚不知"科学史"为何物？当库恩决定致力"科学史"研究时，他原来的指导教授最感惋惜：一位富有潜力的年轻物理学家（据说库恩所做的实验与他老师得诺贝尔奖有关），不在物理前线从事"创造性"的工作，却钻进历史的故纸堆，岂不歧路亡羊？为了尊重这位年轻人的决定，他虽然失望，却不好明表反对，只有告诉库恩慎重行事。

从当时的学术气候，以及库恩的师生关系，不难体会库恩内心所承受的压力。可是就在这个关键的时刻，库恩得到哈佛校长科南特(James B. Conant)的鼎力支持；是氏本为杰出的化学家，素来对"科学史"感兴趣，于是推荐库恩取得"年轻学者"(Junior Fellow)的殊荣。这个制度是哈佛大学为刻意培养未来学术领袖而设的，获奖的人三年为期，可以自由自在做自己喜欢的研究。有人统计过，因此而日后成名的学者竟然不下半数，成功率之高可想而知，这一机会是哈佛博士班学生最为觊觎的，但是百不得一。

库恩日后自承：如果没有这宝贵的三年，他绝无法从物理转到历史研究来。这说明了他为何将最重要的作品《科学革命的结构》(*The Structure of Scientific Revolutions*)[1] 献给科南特校长。事实上，这本书的核心观念便是孕育自此一阶段。该书的主要论点如下：科学知识的进展与其说是"量"的累积，毋宁说是"质"的变化；而17世纪"科学革命"实意味不同知识"典范"(paradigm) 的更替。此一说法打破了教科书长久以来把培根的方法运动作为"科学革命"解释的神话。库恩的观点，由于论证谨严，而且取材丰富，很快就为学术界所推崇。而"典范"这一概念更是跨过自然科学，及于人文与社会科学，发挥无比的影响，以致学术交谈中凡是不懂得"典范"一词的人，似乎就"失学"了。举例来说，仅1976年就有六本社会学的书籍，根据此一概念重新厘清社会理论，音乐史、艺术史就更不用说了。于是许多说词便围绕此一观念应运而生。有人推测，库恩的"典范"得自完貌心理学 (gestalt psychology)、得自维根

---

① Thomas S. Kuhn, *The Structure of Scientific Revolution*. 原1962年出版。很高兴台湾允晨文化公司今年（1986年）总算有中译本刊行，此书后来转由远流发行。

跛足的英雄

斯坦 (Ludwig Wittgenstein)、得自波拉尼 (Karl Polanyi)、得自奎因 (W.V.O.Quine)，甚或来自艺术风格的转变。其实这些都无关紧要，重要的是，"典范"一词只有在库恩书中才确立它的理论地位，才发生它的解释效用。

说起《科学革命的结构》一书的出版，甚为曲折。当库恩还是一个初出茅庐的年轻学者时，竟意外地获《国际统一科学百科全书》(*International Encyclopedia of Unified Science*) 主编的青睐，受邀参加他们的撰述计划。要知道，这套书的执笔者，包括一些声名卓著的大师，例如卡纳普 (Rudolf Carnap)、杜威 (John Dewey)、弗兰克 (Phillip Frank) 等等。不过这个殊荣其实也是一种压力，使库恩从命意到完篇足足运思（从哈佛算起）十五年之久才姗姗收笔，完成他的经典之作。库恩自谓如非当时主编之一莫里斯 (Charles Morris) 先生不断鼓励与鞭策，完稿恐怕遥遥无期。莫里斯先生对后学小子的提携与爱护实是非常可贵的。

虽然库恩早年表现相当杰出，哈佛当局素来却只有"锦上添花"，极少"雪中送炭"，因此库恩亦不能久留哈佛，援例只能作"学术的奥德赛"，非经大风大浪的千锤百炼不得衣锦还乡。离开哈佛后，库恩曾任教伯克利、普林斯顿，最后选择麻省理工学院 (M.I.T.) 作为安身立命之所。他之所以选中麻省理工学院，无非是因该校的理工水准甚便"科学史"的研究；另外恐怕是因该校距离哈佛较近，也算是图个"落叶归根"吧！

有一学期，我修了一门"古典社会理论"。在学期报告中，提到库恩《科学革命的结构》一书之长处在于用"内在逻辑"来解释科学知识的进展。报告发回时，授课先生附了一张很长的评语，他明白反对我的看法，认为库恩是从外缘因素去解释科学知识的成长。看到如此的评语，左思右想，不能自安，当夜辗转难眠，干脆起来写了一张简函，附上报告与评语寄给库恩评断，供我自己改进学习参考。

当时库恩已执教麻省理工学院，与我只有一二公里之隔吧。信发出后大约十天，回函来了。他解释因外出旅行，迟复为憾。并说他的论点的确是从"内在逻辑"出发，断无疑误。本来慑于授课先生的威名，反躬自问，省思至四，以为错必在我。读至此，顿时心情开朗，胸中郁闷阴霾之气尽为扫除。事后，有一次跟指导教授谈到我与授课先生意见相左，并请库恩先生裁断之趣事，他很吃惊地看我说："你竟敢跟哈佛第一大炮（是该课老师在校园中的诨名）争

跛足的英雄

辩？……"言下之意，我竟然是不畏恶虎的小犊了。

不过话又说回来，库恩教授也提醒我的一点错误。我在报告中提到库恩的立论与社会学家默顿（Robert K. Merton）的解释相冲突。默顿是以经济与宗教等外缘因素来解释 17 世纪英格兰的科学活动，但依库恩之见，他与默顿二人只是各从不同角度来检视同一问题，二人应是互补而不是矛盾；他并建议我念他的论文集的一篇文章，在这篇文章中，他把科学知识细分作"数学传统"与"实验传统"，彼此的发展不可一概而论。①

钱锺书的《围城》中，有一段谈到 30 年代中国学者喜欢挟洋自重，与人谈话，动辄"柏泉"如何如何（案："柏泉"是罗素的名字），好像与"柏泉"喝过一次咖啡，知道"柏泉"喝咖啡不加糖，就足以骄人。其实，西方学者，除非性情特别古怪，对后学请益，大多优礼有加，互通信函更是常事，遑论其他。

回想这两次讲演，演讲者的学养、态度和处境显然有

---

① Thomas S.Kuhn, "Mathematical versus Experimental Tradition in the Development of Physical Science," in *The Essential Tension*(Chicago and London, 1997),pp. 31-65. 默顿早在 1938 年即出版有《17 世纪英格兰的科学、技术与社会》（*Science, Technology and Society in Seventeenth Century England*）。

很大的差异。斯坦纳先生力图登高一呼，要学者做理性的思量，切莫人云亦云，为时尚洪流所吞没。反观库恩先生的演讲则是感性的"心路旅程"的回顾。他的前指导教授应邀致词时说道，看到库恩的成就与今天热烈的场面，他才觉得库恩当年的抉择是对的。由于库恩先生当时背对着我们，无法看到他的表情如何。不过斯坦纳与库恩先生的演讲仍有一点相同——当他们走上讲台时，都显得步行艰难，因为他们都是跛足的。

雪融化后，水洼中映出树影

跛足的英雄

哈佛广场一角-1

哈佛广场一角-2

哈佛的两位莎士比亚

哈佛的学生都知这当地有两位莎士比亚，一位是英文系的莎士比亚学大师莱文 (Harry Levin) 教授，另一位则是在哈佛广场变魔术的莎士比亚先生。

波士顿 (Boston) 的地下铁是以颜色区分路线，只要搭上"红线" (red line) 往西走，终点站即为"哈佛"。走出地下铁的出口，即为"哈佛广场" (Harvard Square)，恰巧位于哈佛校门口之外。

走出车站，迎面即是"妮妮商店" (Nini´s Corner)，专卖水果、书报，位于三叉口的街角上，十分秀气。每部以哈佛为题材的电影，都不会放过这家店的特写镜头，故门面虽小，却举世闻名。在它的左边即是"绿屋"咖啡店 (Green House)，一屋的绿，是哈佛学生上课前培养灵思与聊天聚会之所。这个店顾客水准高到可以用"进出无白丁"来自我标榜。记得有次和专攻印度哲学的克里默 (Scott Cremer) 先生在此闲聊，谈到不久前《纽约时报》报道十几岁即享盛名的哲学奇才克律基 (Saul Kripke) 的传奇事迹，及牛津、哈佛为了争取他而陷入拉锯苦战的趣事时，说到是处，旁桌的两位陌生人竟也跟着点起头来，后来他们还凑过来提供克律基的一些轶闻；另一桌客人听到我们的谈论，也不请自来加入我们的闲谈。事实上，克律基的学术贡献虽大，但还是囿于专技哲学方面，知道他的人不可能太多，没想到"绿屋"中几个寻常的客人，谈起他来如数家珍，真令我讶异之至。

直接面对"妮妮商店"的是博伊尔斯顿街 (Boylston Street)，两旁街上有各式的餐厅，希腊菜、意大利菜、印度菜应有尽有，啤酒屋更是哈佛学生麇聚之所。中国菜素为彼邦人士所喜爱，仅哈佛广场就有七家之多。菜做得并不道地，色、香、味也远不如台湾的餐厅，但究竟聊胜于无。除了周日例行的午餐聚谈，自己每星期总要编个借口上中国馆打牙祭，即使星期天喝个豆浆、吃个葱油饼都感心满意足。

"妮妮商店"右邻的"哈佛合作社"其实是一家综合性

的百货公司，学生在此购买东西，年终可退回红利。百货公司后面建有一座陆桥，可以直通二楼与三楼"哈佛教科书门市部"。谈起买书，全美国没有比哈佛广场更方便的了。在它周遭即有二十家左右的新旧书店，比起洛杉矶或匹兹堡全城只有一家卖学术书籍的专门店，不啻天壤之别。在美国，纽约虽然是大出版公司的聚集之地，但分布零散，所以"哈佛广场"的买书方便堪称全美第一。

平常美国商店入夜随即打烊，哈佛附近的书店却不一样，有十点、十二点关门的，甚至有家"国际书店"(Reading International) 二十四小时全天候开放，正好给那些夜半失眠的学生有个好去处。但是品位最高的仍是"哈佛书店"(Harvard Book Store) 和"沃兹沃思"(Wordsworth) 两家。

"哈佛书店"原为紧邻的两家，后来重新装修后，在地下室开辟了旧书部，就合而为一。店中售卖的书品质很高，每次经过总得历经心灵交战与倾囊而归两个过程。

店主当然是懂得行销的，临街的橱窗经常摆着令人难以抗拒的名著，对哈佛的学生而言，必须狠下心才能过其门而不入。冬天来时，坐在暖和角落的沙发中，翻阅新书，偶一抬头望见窗外徐徐飘下的雪花，竟颇有电影《齐瓦哥医生》中的几幕意境。

"哈佛书店"永远播放着古典音乐,在《何处是波士顿？》(*Where is Boston?*) 这部导游影片中即敏锐地点出了这个特色。有时候看到两三位大学部的学生,为了一本新书的论点,在店内面红耳赤地大声争辩起来,老板却视若无睹,仿佛论辩才更能荣耀这智慧的水库。我是这些书店的老"巡阅使",即使不买,也要去摸摸碰碰,所以只要站在书架前稍一巡视,添了什么新书便一目了然。

几年"巡阅"下来,购书如山,层层排列像煞五彩缤纷的壁纸,有位朋友开玩笑,若稍有地震,我马上要乱葬于书堆中。

"沃兹沃思"共有两家:一家位于麻州路 (Massachusetts Avenue),专售廉价打折书,价格虽只有一半,书本却是全新的;另一家位于布拉特尔街 (Brattle Street) 则只售新书,但有一成的折扣。一般学生财源有限,因此这两家书店就特别受欢迎。

可是要兼有口目之乐,则非"书架"(Bookcase) 书店莫属。这家书店全售旧书,楼下却是遐迩闻名的"史蒂夫冰淇淋店"(Steve´s ice cream) 以手制冰淇淋号召。《时代周刊》（*Time*）为之吹捧，说是美国第一，也"可能"(probably)是世界最好的冰淇淋店。在未设分店之前，排上半小时吃一客冰淇淋并不足为奇。有些人不耐久等，只好退而求其次，走过两条街去吃"天下第二"的"艾玛克和波利尔"(Emack & Bolieo´s) 冰淇淋了（这两家为了争谁是真正手制冰淇淋，竟然缠讼经年，未分胜负）。我个人总是坚持到底，买了杏仁核桃冰淇淋之后，就上楼慢慢浏览旧书，精挑细选总可以找到几本名家作品，极尽口目之乐。其他专售法律、诗集的书店亦各有特色，各拥有固定的常客。远地来的游客更不在少数，哈佛广场于是俨然成一购书中心。有时候碰到畅销书，回到宿舍取钱再来，别人已捷足先登，只好废然而返。

"书架"书店位于教堂街 (Church Street)，教堂旁边即是古坟场，墓碑经过风吹雨打，大多模糊不可辨，形状不一而足。此地长眠的都是殖民地时期的开拓者，包括哈佛早期的校长和后来为独立战争献身的人，历史已有三四百年之久，可能因为位于热闹之区，并不可怖，倒引人发思古之幽情。再走过去即为"剑桥公园"(Cambridge Common)，面积并不大，有个小棒球场，旁边陈有独立战争的大炮，以供缅怀诸先烈之用。公园入口处的地面上有古铜塑造的几十个马蹄印，据称是当年通报英军进攻莱克星顿 (Lexington) 的快马所遗蹄痕，用以纪念独立战争之爆发。美国建国虽只有两百多年，却甚懂得珍惜古迹，鼓舞民心。

"哈佛广场"有许多精品店，平常逛逛总有所获。最稀奇的竟然有家名为"Serendipity"的，字义深奥，似乎专为考验饱学之士而设。另外亦有一些电动玩具店，尤以"1001"为著名。店内装潢雅致，铺有地毯，冷暖气设备齐全，冬暖夏凉，四季皆宜，是哈佛学生经常光顾的地方。进了门，各自选择自己喜爱的机器，专心一志如同研习课业；打得高分，计算机屏幕自动记录尊名，添列英雄榜，可以获得即刻的成就感，宣泄一下课业的压力。

"哈佛广场"入夜后，仍然熙来攘往，十分热闹，尤其夏天更是如此。乐声此起彼落，艺人各据要津，一展长才，拉小提琴、吹横笛、弹吉他、唱民谣等，总以不妨碍对方为原则。听众可自做选择，觉得满意，不妨略做犒赏，否则亦可鼓掌助兴。据说演奏者卧虎藏龙，间有哈佛音乐系的高材生厕身其间，由于收入不恶，赚取学费并不难。

但最吸引人者仍然是身着黑色披风，站在圆环中央的魔术大师"莎士比亚"，看来年约三十余，长得高峻削瘦。每年固定在夏季出现，他那丢火把的技艺总是百看不厌。每次他把火把掷向夜空时，我心里总是害怕那把火会否顺势遁入黑夜，一去不返？

哈佛园铁门上的小雕塑

雪后的哈佛法学院

没有爱的"爱的故事"

哈佛法学院 (Harvard Law School) 是美国现存最古老的法学院，象征着威望与成就，是美国年轻人最向往的地方，事实上也是美国社会精锐的养成所。

第一次知道哈佛法学院是从电影《爱的故事》(Love Story) 得来，这个影片每年哈佛开学时总要重映一次，以让那些法学院的新生早做心理准备，好好冲刺个三年，同时让我们这些老生重新感染一些浪漫的气息。

法学院是栋长方形大理石的建筑，气魄宏浑，长约百码，号称世界第一大法学院。在哈佛读书的前几年，不知是否受《爱的故事》的催眠，总喜欢在他们图书馆念书，室内灯光柔和，视野开阔；读累了可以起来散心，从这一边望向另一边的尽头，人小得像《格列佛游记》中"小人国"的小人，颇为有趣。法学院前面有块绿茵的草地，冬天覆上白雪，像张白绒绒的地毯。《爱的故事》中，男女主角在此手拉手平躺在雪地上，印出两个人形，风靡了我们那一代的年轻人。进了哈佛，心里首先盼望着的，不是朝见什么大师，而是候到冬日飘雪，找几位朋友去玩如此诗情画意的游戏。12月中旬，雪花飘落，不多时，校园成了一片银白的世界。久候的历史时刻终于来临，一跃躺下去，竟眼冒金星；朋友看我迟迟不起，才发现雪层太薄。于是我的"爱的故事"只好狼狈地提前落幕。但是对法学院的那些新生，他们人生的战场才刚刚启幕呢。

美国法学院属于研究院的性质，必须大学毕业后，方能提出申请。进入法学院后，修业三年，若"一切顺利"，即可取得"法律博士"(J.D.)的学位，此外还颁有"法学博士"(S.J.D.)等其他学位，但以"法律博士"为主流。

法学院的学生十分自负，咸认自己是社会的秀异分子，这种优越感经常流露在他们言谈之间。就美国国会议员过半出身律师来看，恐怕实情亦是如此；因此，美国大学毕业生多以进法学院为荣。哈佛法学院执美国法学之牛耳，入学竞争之激烈可想而知，能够录取的大多为上上之选。依我和他们一起上课的经验，可以发现法律系学生大多辩才无碍，反应极为敏锐，在修同一门课的同学中很快就能脱颖而出。

哈佛法学院采取"苏格拉底教学法"(Socratic Method)，注重问答式的讨论，并以剖析实例为主。即使远从"牛津"来的德沃金(Ronald Dworkin)①教授也只得入乡随俗，他所授的"法律哲学"，即是以美国宪法现成的判例为基础，再逐步抽出一般性的原则与概念，而非天马行空地谈空说玄。这种踏实稳健的学风与19世纪末哈佛法学大师霍姆斯(Oliver Wendell Holmes Jr.)②所倡导的实在论(legal realism)有关。霍氏主张立法必须以实际发生的现象作为凭据，不能只诉诸法律概念的"本质"；是故，法律与道德必须有所区别。③

---

① 罗纳德·德沃金（Ronald Myles Dworkin ，1931.12.11—2013.2.14），著名哲学家、法学家。他是公认的当代英美法学理论传统中最有影响的人物之一，当今世界最伟大的思想家之一。他展现了一种由政治自由主义指导的法理学，关注人类尊严与权利。（编辑注）

② 奥利弗·温德尔·霍姆斯（Oliver Wendell Holmes, Jr.，1841.3.8—1935.3.6），法学家，是美国诗人老奥利弗·温德尔·霍姆斯的儿子，曾任美国联邦最高法院大法官。（编辑注）

③ 将"个案分析法"落实到法学教学的关键人物是19世纪的兰德尔(Langedell)教授。他在哈佛法学院院长任内（1870—895）大力推行教学改革。鉴于美国法律日形复杂，各州立法又不免相互冲突，他主张授课先生不应只讨论法条本身，而应注重实例的解析，从而发现法律的真义。他编选了第一本法律个案的教科书。这种教学法与欧陆判然有别。由于他对美国法学教育的贡献，法学院大楼即命名"兰德尔楼"，以资纪念。

对法学院学生而言，他们踏入哈佛的第一年是最关键的时刻。因为校方要从这一年的学业表现，选出四十位最优秀的人才，参与《哈佛法学评论》(*Harvard Law Review*) 的编务，选中的学生常被认为是"精英中的精英"。有了这份资历，毕业之后成为大法官或国会议员助理的机会相形增加，由于接近权力核心，故将来一步登天的机会也多。所以不难理解为何六位出身哈佛的美国总统泰半为法学院的学生。

《力争上游》(*Paper Chase*) 是另一部描写哈佛法学院的电影，可是没有《爱的故事》来得罗曼蒂克。教授的冷漠、课业的竞争构成本片的主题。法学院的学生说，除了教授没有那么漂亮的女儿（片中的女主角）之外，全片都十分酷似。

有一位学生，不满法学院残酷的竞争与钻营之风，念了一年就辍学，写了一本书大力攻评哈佛，书名就叫《在哈佛法学院的第一年》(*First Year at Harvard Law School*)；可是也有成功适应哈佛生活的人写了另一本书，叫《如何在哈佛法学院求生存》(*How to Survive at Harvard Law School*)，告诉那些新生救亡图存之术。回忆当年，一位与我一起修过课的美国同学，曾以雷霆万钧之势在第一年取得四门"全A"(straight A) 最优的成绩；可是第二学年开学却不见踪影，我很纳闷地问了他的室友，据说他后力不继，不堪长期压力，导致精神崩溃，休学在家。真是功亏一篑，令人扼腕叹息啊！

《今日心理学》(Psychology Today) 曾刊登一篇统计报告谓：哈佛学生上心理治疗所的比例为全美大学生之冠，我想大概指的是法、商学院的学生吧？ [①] 尽管如此，每年前来就读的学生依然前仆后继、络绎不绝，个个都像是下了壮士断腕的决心。究其实不外乎为名为利，因为只要挨得过这艰苦的三年，即前途似锦，最杰出的科班生可以当上教授，其次法官，再其次则为律师，其他亦可据政治、社会、经济的要津。

好友艾伯特 (Albert) 在哈佛毕业后，执业律师七年，返回母校进修，准备接任某大学教授职。他告诉我，有一回他因母校有难，临危受命，与几位同事连手到华盛顿出庭联邦政府起诉哈佛的讼案。联邦政府为什么控告哈佛呢？

---

① 美国人上心理治疗所，并非我们想象的那么严重，有时是时尚所趋，借以表示自己心灵的深度与复杂性；加上美国是个人主义的社会，属于私人的沟通，较为不易。

没有爱的「爱的故事」

原来是哈佛拒绝接纳七位联邦政府推荐的海外学生到医学院就读，在此之前哈佛已接受了联邦政府巨额的研究补助费，却没有履行这项附带条件。哈佛所持的理由是受推荐的学生素质太差，恐会影响医学院的声誉。艾伯特出庭时发现从法官、检察官，到调查委员都出身哈佛，心中的石头即刻放下，"胜负已决，毋庸多辩"。终庭果然以政治不得干预学术的理由，由哈佛胜诉。

有位台湾前来哈佛念"法律博士"(J.D.) 的陈姓朋友，某年荣获"日本基金会"(Japan Foundation) 的邀请到东京大学做为期一年的研究。闲来在东京的法律公司兼咨询顾问，因业务需要有时候必须到女同事住处索取文件；每次总遭到保守的女房东百般刁难，迟迟不得见。有回又碰到这种尴尬的局面，正一肚子气，突然看到那顽固的女房东双手捧着食盘，上面放着热腾腾的红豆汤与甜糕，匆匆下楼，笑脸迎人，冲着他说："刚才秋子说你是哈佛的学生，真是不简单喔！失礼了……！"从此造访每次总有红豆汤吃。

这位女房东的辨识能力是"粗枝大叶"，哈佛的学生在日本可以有红豆汤吃；可是在美国却只有法学院的学生才能免费参加舞会派对。

"七姊妹"(Seven Sisters)[①]之一的"莱斯莉学院"(Lesley College) 位于哈佛之旁，是间女校，以嫁哈佛学生为归宿；更精确地说，以嫁法学院学生为依归。他们周末举行派对，常常在哈佛宿舍张贴布告："哈佛文理学院会费三元，法学院免；外校莫进。"读此布告，文理学生为之气短（实情如此，不得不秉笔直书），方才明了现实的世界里文理学院输给法学院"三元"的票值，亦无可如何。

哈佛法学院的新生，刚进来的时候满怀壮志，认为扫除社会的不义是责无旁贷，因此经常以未来的"公共辩护人"自诩。在这方面，霍姆斯教授这个伟大的抗议者提供了最好的典型。但当新生逐渐变成"老鸟"，在岁月的摧残下，他们最终多以商业律师为安身立命之所。

法律虽然是门"世俗"的学问，可是真正了不起的学者，仍然深受学生的爱戴，昂格尔（Roberto Mangabeira Unger）教授就是这样的一位。他二十八岁就当上法学正教授，他的《知识与政治》(*Knowledge and Politics*) 也受到相当高的评价；在这本书里，他企图全盘检讨西方自由主义的理

①"七姊妹"是指相对于"常春藤盟校"（Ivy League，包括哈佛、耶鲁、普林斯顿、哥伦比亚、达慕思、康乃尔、宾州、布朗）的七间女校。以拉德克利夫 (Radcliffe) 学院为首，列克力芙又称"女哈佛"，近年始并入哈佛大学。

没有爱的「爱的故事」

论基础。他指出"理论"(theory)和"实践"(practice)的分离正反映了当今自由主义的症结。平时他喜欢祈克果站立的读书方式，在高脚讲桌上摊开书本，趋前肃立敬读，这或许有某种象征意义吧？有次，工友打开他的研究室，发觉竟然有人倒卧地板上，疾呼警卫，才发现我们这位法学院的守护神，竟亦不堪劳累，呼呼入睡了。

资本主义训练营

台湾前阵子播映的电视影集《爱之船》(Love Boat) 中，有一出关于大公司总裁与特别助理"欲语还休"的恋爱故事。这位总裁先生羞于表达爱意，使得女助理愤而辞职；中间有一段对话，这位老板急着编织各种理由来挽留他的助手。助理反唇相讥："先生您不是'沃顿商学院'(The Wharton School)① 毕业的吗？留我何用？"没想到这位老板却回答："可是你是'哈佛商学院'毕业的呀！"

"哈佛商学院"(Harvard Graduate School of Business Administration) 位于查理士河 (Charles River) 南岸，与校本部一河之隔。由河的对岸眺望过去是一系列富丽堂皇的建筑，几栋钟楼敷上金粉，在阳光下十分耀眼夺目。这便是美国资本主义的训练营。

---

① "沃顿商学院"是"宾州大学"(University of Pennsylvania) 的商学院，建于 1881 年，为全美最老的商学院，在商学院排名名列前茅。

远眺哈佛商学院

　　哈佛素来以纯学术自我标榜，因此当年拒设"新闻学院"(School of Journalism)，即唯恐损毁良好的学术形象；导致这批支持者只好投靠哥伦比亚大学 (Columbia University)，设立了"新闻学院"，并成立举世闻名的"普利策奖"(Pulitzer Prize)。后来哈佛当然追悔莫及，有了此一教训，又为了顺应时势之需，才勉为其难在 1908 年设立"商学院"。

　　校本部似乎是为了与"商学院"保持距离，避免受铜臭气的污染，竟将其置于隔岸废弃的"新兵训练场"(Soldier´s field)，让它自生自灭。可是日后"商学院"竟演变成牟利最丰的学院，同时也是校友捐款的佼佼者；这是哈佛当局初未料及的。哈佛的这种"学术情结"又可从另一事实获得印证：今天极为新闻从业人员推崇的"尼曼基金会"(Nieman Foundation) 虽设在哈佛校区之内，却不直属于哈佛学校当局。这种尴尬的状况只有圈内人才能了然于心，外人则百思不得其解。

　　哈佛商学院与法学院同属研究院的性质，必得修完大学课程才能申请；但商学院多了项规定，必得有两年工作经验方才有入学的资格。商学院提供"企管硕士"(MBA)

和"企管博士"(DBA) 的学位；事实上，攻读"企管博士"学位者极为罕见！因为是否赚得到钱与学院式的知识并不成正比例。所以念两年制的"企管硕士"反而才算是科班出身。

美国是典型的资本主义社会，企业的经营与管理必须倚赖专才。"企管硕士"是美国教育制度的特色，近年欧洲、东亚国家亦群起仿效。哈佛商学院与法学院有教学合作计划，优秀的学生，允许跨两院就读；台湾去的埃里克·吴 (Eric Wu) 即是其中一位。另外，商学院还提供短期训练给大公司或第三世界的企业领袖前来受训，这就如同哈佛的"肯尼迪学院"(John F. Kennedy School of Government)一样，主要功能在于与明日第三世界的领袖建立良好关系；邻国的加拿大或墨西哥借机经常邀请这些人员集体免费访问，算是也分哈佛一杯羹。

哈佛学校当局通常要求商学院的学生住在特别为他们准备的华丽而舒适的校舍里，名义上是方便他们一起研讨课业；真正的目的却是使他们热络彼此的感情，建立团队精神，以便将来创业的时候可以互相支持。所以在这"军校生活"方式的底层实潜伏着强烈的企业动机。

大雪后的哈佛商学院

哈佛商学院的教学法极有特色，注重"个案"(case method) 分析，不尚空谈，常常以实例或仿真状况要学生设身处地下决断。学生平均每天要研读三件个案，功课颇为繁重。上课时，则要争取机会表现自己，否则全班尾端百分之十一律不及格。由于校方规定每学期必修四门课，所以淘汰率不算太低。因此个个人心惶惶，一天只睡上三四小时是常事。据说，有回授课老师宣布"下课"，有位糊涂

的学生刚从睡梦中惊醒，突然起立将个案"倒背如流"，全堂师生为之哄然。

我在前面提到的那位法、商双栖埃里克，有次为了从法学院赶去商学院上课，跑步经过积满细雪的查理士桥，跌得人仰马翻，住院数天，可见要维持"双栖"的殊荣，代价并不低。因为磨炼是如此的艰难困苦，故有位哈佛毕业生写了一本《哈佛商学院的福音》(*The Gospels according to Harvard Business School*) 帮助学弟们渡过种种学习的难关。

哈佛商学院除了以教学法取胜外，图书馆的设备极佳，包括有 1850 年以来美国重要的商业文件与记录；贝克 (Baker) 和克雷斯 (Kress) 两图书馆，藏书逾五十万册，期刊即订有六千五百种。图书馆员都有专业的服务水准，极为主动、积极。

对商学院的学生而言，只要通过这两年的人间炼狱，马上便有可观的物质回馈。试想全美五百大公司的总裁，他们即占了三分之一有余，声势浩大，可想而知了。虽然时值不景气，但当骊歌唱起时，每人平均仍有七八个职位可供挑选，可是他们还抱怨不已，反观文、理学院的学生却是一职难求呢！对于这些贪得无厌的资本主义学徒，文、理学生只能在毕业典礼结束、当全体商学院学生挑出一元绿色纸币高举挥跃时，饷以嘘声。他们所能做的也仅止如此了。一旦走出校门，他们就分道扬镳，走上一个全然不同的世界了。

遗憾三部曲

波士顿地方小报刊载着一则新闻：有位老人生前始终无法进入哈佛大学就读，深觉愧对父亲的厚望，常以此为疚；临终前立下了遗嘱，将遗体捐赠给哈佛医学院解剖。

比起这位美国老人，我算是幸运多了，生前就进了哈佛，应该知足才对；可是我内心仍然有三个知性的遗憾。

第一个遗憾是在哈佛求学时，无缘亲炙帕森斯 (Talcott Parsons)[①] 的教诲。

帕森斯是结构功能学派 (structural functionalism) 的一代宗师。60 年代时，他的思想浪潮席卷了西方的学界，锐不可当。那时的社会学者如果不能口诵帕氏的名著《社会

①塔尔科特·帕森斯（Talcott Parsons，1902.12.13—1979.5.8），美国现代社会学的奠基人，"二战"后美国统整社会学理论的重要思想家，20世纪中期颇负盛名的结构功能论典范之代表人物。（编辑注）

帕森斯教授

体系》(*The Social System*)，恐怕要被怀疑未受现代学术的洗礼了。帕氏的《社会行动的结构》(*The Structure of Social Action*) 更是公认的阐释社会学传统的经典之作。但曾几何时，70 年代德国哈帕玛斯 (Jürgen Habermas) 等的"批判理论"(critical theory) 继踵而起，80 年代法国的"后期结构主义"(post-structuralism) 和美国的"生物社会学"(sociobiology) 又取而代之，真是应验了西方学界每十年必出学术圣人的谶语了。

其实帕森斯之厕身士林颇为曲折，并非一帆风顺。他从德国学成归国后，在哈佛当了九年讲师，才擢升助理教授，主要原因是他的前辈索罗金 (P. Sorokin) 不赏识他，而后者恰为哈佛社会学的主轴。但这段动心忍性的时期，使他的思想渐趋成熟，同时吸引了许多杰出的研究生，例如默顿 (Robert K. Merton) 等与他一起工作，以至日后"结构功能学派"能够蔚然成风。

1946 年，帕森斯与人类学家克拉克洪 (Clyde Kluckhohn)、心理学家默里 (Henry Murray) 和奥尔波特 (Gordon Allport) 成立闻名的"社会关系系"(Department of Social Relations)，标榜科际整合的研究，此举象征"帕森斯时代"的来临。直至 1970 年，"社会系"从"社会关系系"独立出来，接着帕森斯正式从哈佛退休，这个时代才结束。

我到哈佛念书时，帕森斯已退休转至宾州大学任教。算起来与他只有"一面"之缘，就是某回下课步出"威廉·詹姆斯大楼"，迎面走来一位老先生，状颇不俗，仔细一瞧，不是书本封面上的"帕森斯先生"吗？不知因何事返回他的学术源地，当时我默默地目送他的背影走进大楼里。

帕森斯早期的作品倾向于将社会视为一个完整的体系，社会的不同结构发挥了各自的功能，其结果即欲保持均衡状态 (equilibrium)；他同时创发"模式变项"(pattern variables) 的概念以分析社会行为。晚年的著述虽然比较注意社会变迁和社会演化的问题，但理论上少有创意；在这段期间他对教育问题深感兴趣，对美国大学制度曾有若干讨论。

帕氏偶尔应邀至外地讲演，常有尴尬的场面发生。有次到英国伦敦大学，室外包围着成群示威的学生，他们认为帕氏理论的骨子里是为美国资本主义说项。嘈杂的抗议声，几乎使讲演无以为继。这些学生似乎忘记帕氏曾是麦卡锡时代[①]奋不顾身的人权斗士。

更离谱的是，有次他过境香港，原以为会有成群的仰慕者在那里欢迎，可是接机室冷冷清清，只有一个制西服者前来询问，有意做套西服否？这样的问题对一代宗师简直是一大讽刺，同时反映了香港这个小岛学术不毛的境况。

1979 年，帕森斯应邀回海德堡大学 (Heidelberg University) 庆祝他获得博士学位五十周年纪念，并至慕尼黑大学 (Munich University) 演讲。讲演后，帕森斯突感心脏不适，不久即辞世。对帕森斯而言，慕尼黑大学正是他一生学术最大泉源——韦伯 (Max Weber) 度过晚年的地方，因此对他来说不正是死得其所吗？他的去世象征哈佛独霸西

①麦肯锡是美国参议员，在 40 年代末期和 50 年代初期以整肃左派知识分子出名，但亦殃及其他自由派的学者。

方社会学时代的结束。

在台湾上"心理学"时，即熟悉当代行为主义大师斯金纳 (B.F. Skinner)[1] 的大名。斯金纳任教哈佛数十年，在他的领导之下，哈佛成为"行为论"的重镇。还记得授课先生告诉同学，斯金纳以鸽子作为研究对象所发展出来的"操作性制约"(operant conditioning) 的概念，竟可用来解释人类失恋的行为，引得全堂哄然大笑。[2]

在哈佛，上了梅热 (James E. Mazur) 教授的"改善行为"(behavior modification) 的课程，使我对"学习理论"(theory of learning) 应用到心理治疗有进一步的认识。可是因为志愿参加了一组心理实验，反而使我对斯金纳的"行为论"(behaviorism) 大感疑惑。这个疑惑在哈佛读书时，困扰了我许久，说是大惑不解，并不为过。事情是这样的：某次，我志愿参加了一次有关"学习理论"的实验。实验人员告知我每次看到"红色"图案即按钮。听完说明

①伯尔赫斯·弗雷德里克·斯金纳（Burrhus Frederic Skinner，1904—1990），美国心理学家，新行为主义学习理论的创始人，也是新行为主义的主要代表。（编辑注）

②"操作性制约"相对于"古典制约"(classical conditioning) 而言，是斯金纳以"斯金纳盒子"(Skinner's box) 测试鸽子或老鼠所发现的制约行为；其原理常为"学习理论"所用。

后，随即被送进实验室，坐在指定的座椅上，右手把前端置有一个按钮；实验人员出去，把门带上，室内即一片漆黑。只听到扩音机传来"预备"的口令，我就开始辨识银幕投射的图形。

刚开始，五彩缤纷煞是好看。间有"红色"图案出现，我即按照吩咐按钮，甚为轻松。几次以后，"红色"出现，按钮即漏电，害我呼叫实验人员进来修理，可是始终见不到任何反应，"红色"图形却频频出现，电力亦相形增加，电得我七荤八素；越想越气，鼓起阿Q的精神奋战到底，一见红色图案就猛按。终于，实验室的门打开了，那位实验者故作天真地问我，你没有感觉到通电吗？她竟怀疑按钮没有通电了，伸手一试，电得哇哇大叫。我心里突然感到一丝的快感，谁叫你先"不教而电之"呢？

走出实验室，我试着用"学习理论"来解释适才发生的事情；可惜自己所知有限，茫无头绪。只好把希望寄托在一星期后斯金纳的公开演讲，但愿能从中找到答案。

斯金纳的演讲，安排在"哈佛广场"教堂街街角上的"长老会教堂"。这栋古老的木制教堂，屡经翻修，一副摇摇欲坠的样子。我到达的时候，楼下早已挤满听众，只好随人

斯金纳教授

群挤上二楼。

听众中竟然有些人随身带着照相机和望远镜，准备在这弥漫宗教气氛的教堂内，抢拍斯金纳的历史镜头。

斯金纳先生当时年届八十，早已从哈佛退休，满头白发，身体微驼，由他人搀扶着步上讲台，以蜜蜂般的声音（虽然装有扩音的设备）再次地肯定他的信念：人文科学之落伍，实导因于对"意识"（consciousness）的关注；物理学者从未想去了解自由落体的石头到底在想什么，因此物理知识能够突飞猛进，而两千年来人文知识却落后如故，"文化的设计"（the design of culture）是"行为论"的乌托邦，却有可行之处……

遗憾三部曲

历时不到半小时，讲演匆匆结束。心知已不可能再从
这位宗师那里得到任何有意义的答案；顿时体会到史华慈
教授参加怀特海 (Alfred North Whitehead) 先生晚年演讲时
那种失望的心情。唉！淡淡的哀愁哪！

初抵美国时，为自己的学习方向何去何从，颇感困扰。
一来，自己学问底子正陷于"高不成，低不就"、进退维谷
的窘况；二来，平时兴趣纷杂，全凭兴之所至，难免"博
学无所成名"；三来，古人说："年少慎择师，年老慎择徒。"
多少有点道理。因此访求"名师"便成了哈佛前几年读书
的首要工作。

经过长久的省思，觉得自己对"观念"的东西极有兴趣，
尤其是对"观念"在历史中的流变现象更为着迷，因此决
定以"思想史"作为治学的志业。但环顾西方学界，"思想
史"并非显学。"年鉴学派"与"社会科学派"正是日正当中，
以美国而言，思想史的名家屈指可数。

像芝加哥大学的克里格 (Leonard Krieger) 先生，早年
以《德国的自由观念》(*The German Idea of Freedom*) 一
书树立声名，晚年写了《李欧颇·凡·兰克的意义》(*The*

Meaning of Ranke)，虽颇有深意，但文思艰涩，难以卒读。普林斯顿的萧士基 (Carl Schorske) 先生完成力作《世纪之末的维也纳》(*Fin-de siécle Vienna*) 之后，终因用脑过度，提早退休。耶鲁的盖伊 (Peter Gay) 教授，著作等身，但稍嫌庞杂，精谨不足，晚年酷嗜"心理分析"，不务斯道久矣。

至于哈佛本身呢？原有休斯 (H. Stuart Hughes) 教授享誉学界。是氏的《意识与社会》(*Consciousness and Society*) 以阐述 20 世纪初叶欧陆的社会思想而著名，可是终因一些私事，离开哈佛，转往加州大学享受温暖的阳光。近古思想名家吉尔摩 (Myron Gilmore) 教授，在我就读哈佛第三年，不幸因病去世，痛失了受教的机会。其他数得上的仅有弗莱明 (Donald Fleming) 和威尔金森 (James D. Wilkinson) 两位。

弗莱明先生立意写下震古烁今的巨著，但耗去二十多年，已届退休之龄，大作迟迟未能问世。年轻的威尔金森先生，曾是休斯教授的高足，讲课逸趣横生，颇受学生欢迎。他的《欧洲知识分子的反抗运动》(*The Intellectual Resistance in Europe*) 描写二次大战中，欧洲知识分子反抗纳粹的心路历程，曾获"威尔逊书卷奖"(Wilson Prize)。

哈佛附近的奥本山墓园

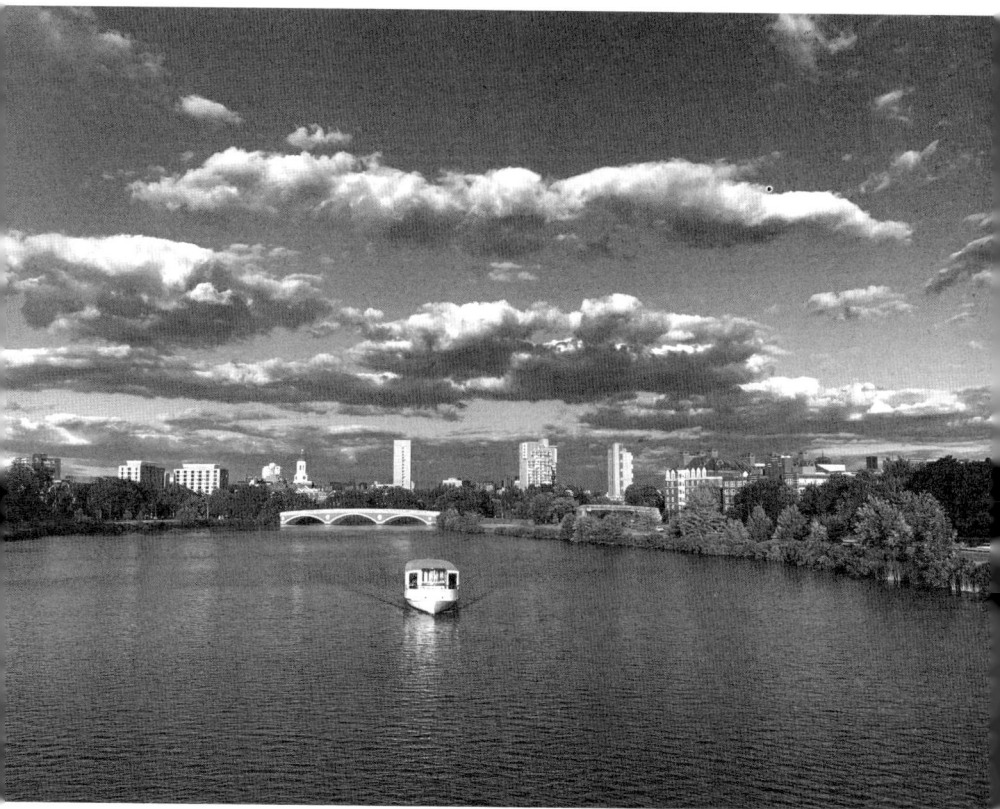

威克斯纪念桥

然而在哈佛当局眼中，威尔金森阅历尚轻，只能外放出任"学术的奥德赛"。这并不表示哈佛对他有所偏心，社会系的史可波 (Theda Skocpol) 教授，也有类似的遭遇。她的《国家与社会革命》(*States and Social Revolutions*) 以比较的架构探讨了法国、俄罗斯与中国的革命，是比较社会学的杰作，曾得两项学术大奖，芝加哥、普林斯顿大学对她颇心仪。可是这位女士对哈佛情有独钟，而哈佛却碍难留她，史可波愤而控告哈佛当局，缠讼经年，不了了之。

整体而言，哈佛的西方思想史研究正在没落中，相反的，中国思想的研究则方兴未艾。当时哈佛即拥有两位大家，一位是前已提过的史华慈 (Benjamin I. Schwartz) 教授，他学贯中西，是比较思想史的好手，另一位则为余教授。余先生不仅学问渊博，而且见识过人，正值创造力的巅峰，屡有佳构，文笔尤为典雅，读其作品常爱不释手。可是我刚到哈佛的那一年，他即受耶鲁大学 (Yale University) 礼聘为"讲座教授"。这实在是哈佛的一大损失。在哈佛大学时，曾两次偶遇余教授路过波士顿。第一次，他欲前往佛蒙特州开会，当晚以电话召我聚谈。难得有机会在名家前面表达己见，是故不免大放厥词，得意忘形，只见余先生频频点头说:"年轻人立志不妨高,但不要犯上近代学者钢筋(观念架构)太多,水泥(材料)太少的毛病。"

那天深夜与余教授步行前往"唐人街"吃消夜,因"唐人街"附近环境复杂,治安欠佳,我一路提心吊胆,亦步亦趋随长者行,唯恐有歹徒出没;准备凭双拳保护文化瑰宝。结果歹徒始终没有出现,倒是听到余先生一再说:"做学问说穿了就是'敬业'两字。"从古人的"闻道"到余先生的"敬业",令我灵光一闪,似乎看到近代学术的真精神。

第二次碰到余先生是走过"哈佛广场"时,我指着"古坟场"说,这些人能在此拥有一席之地真不简单呀!只听到余先生斥责:"糊涂——死人有什么好羡慕的!"从此我就很少去凭吊"古坟场",而较常去光顾"史蒂夫冰淇淋店"了。

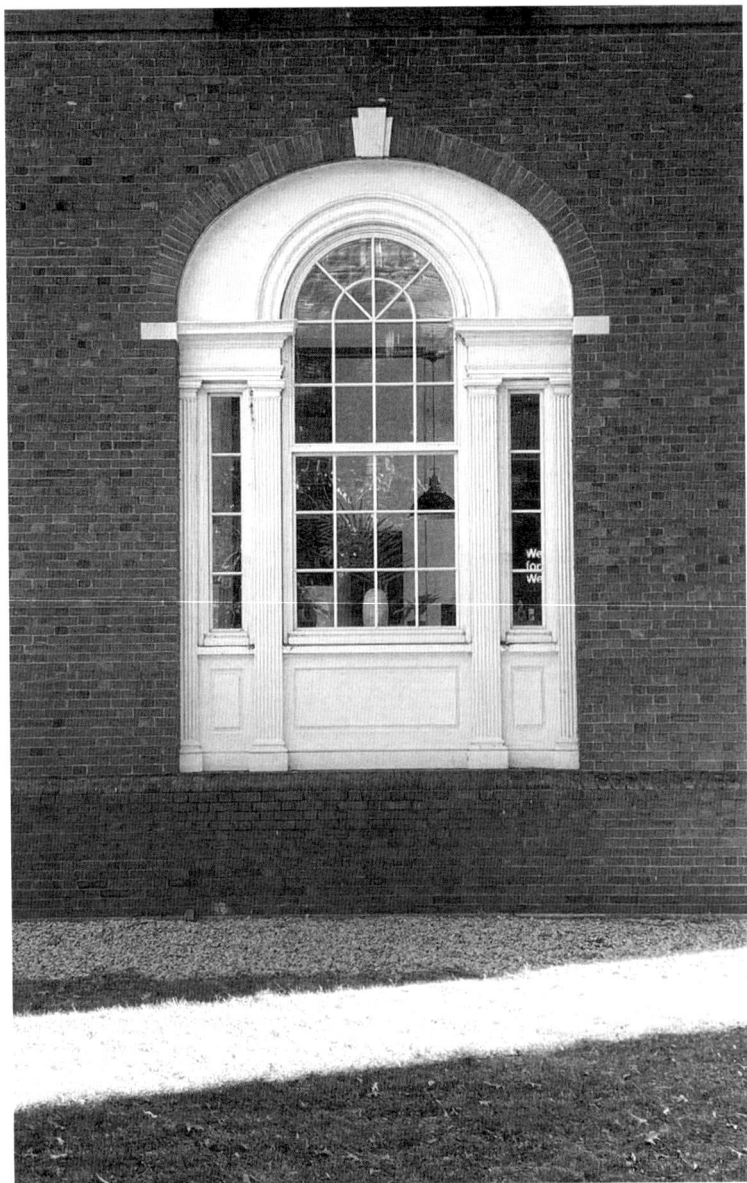

窗外，一缕光

遗失的七个部落

桑塔亚纳 (George Santayana)[1] 早年曾在哈佛任教多时；有一回正授课中，夕阳从窗外斜照进来，这位哲人突发灵感，把粉笔往后一甩，自谓："我与阳光有约！"语毕，即步出教室，从此放弃哈佛教职，据说后来有人看到他在查理士河 (Charles River) 泛舟悠游，其状颇自得。

桑塔亚纳不愧懂得享受自然之美。剑桥镇 (Cambridge) 位处寒带，阳光终年柔和可亲；查理士河的旖旎风光恰似一条彩带环绕着剑桥，辉映成趣。老实说，少却查理士河与阳光，哈佛之美就要逊色许多。

剑桥镇与波士顿隔着查理士河相对；长久以来，它们在文化上被视为一体——这里不仅是美洲初期的殖民地，

---

[1] 乔治·桑塔耶纳（George Santayana，1863—1952），西班牙著名自然主义哲学家、美学家，美国美学的开创者，同时还是著名的诗人与文学批评家。（编辑注）

夕阳中的河边栈桥，可在此租划艇

也是独立革命发源的所在，而在传统上又是美国文化与学术的中心。不下十座桥梁跨过查理士河连接这两个城市，使它们不管在实质上或形式上都紧密地联结在一起。

查理士河在哈佛的区段，河宽不过百米，两岸有着广阔的绿茵。草地之外，各有公路环绕：沿南岸的为"斯托罗公路"(Storrow Drive)，沿北岸的为"纪念公路"(Memorial Drive)；后者特以景色宜人著称全美。

在哈佛区段，有两座桥梁衔接北岸的校本部和南岸的商学院与体育场。第一座桥即是"安德森桥"(Larz Anderson Bridge)，由此穿过"纪念公路"可以直通"哈佛广场"。桥左方即为哈佛的"划船屋"，每年哈佛与耶鲁仿英国牛津与剑桥的划船比赛，总是轰传一时的盛事。

从"划船屋"开始，即有沿河小径可供散步。步行不久，即可遇到专供行人用的"威克斯纪念桥"(Weeks Memorial Bridge)，跨查理士河之上。桥上塑有哈佛校徽，半圆形的桥拱并不太高，汽船经过必须小心翼翼，对准中心点，放慢速度，才能安然通过，勉强算是对哈佛的礼敬了。

从"威克斯纪念桥"固然可以眺望金碧辉煌的商学院校舍，但真正迷人的地方却是北岸的校区。这里坐落了一

剑桥市政厅

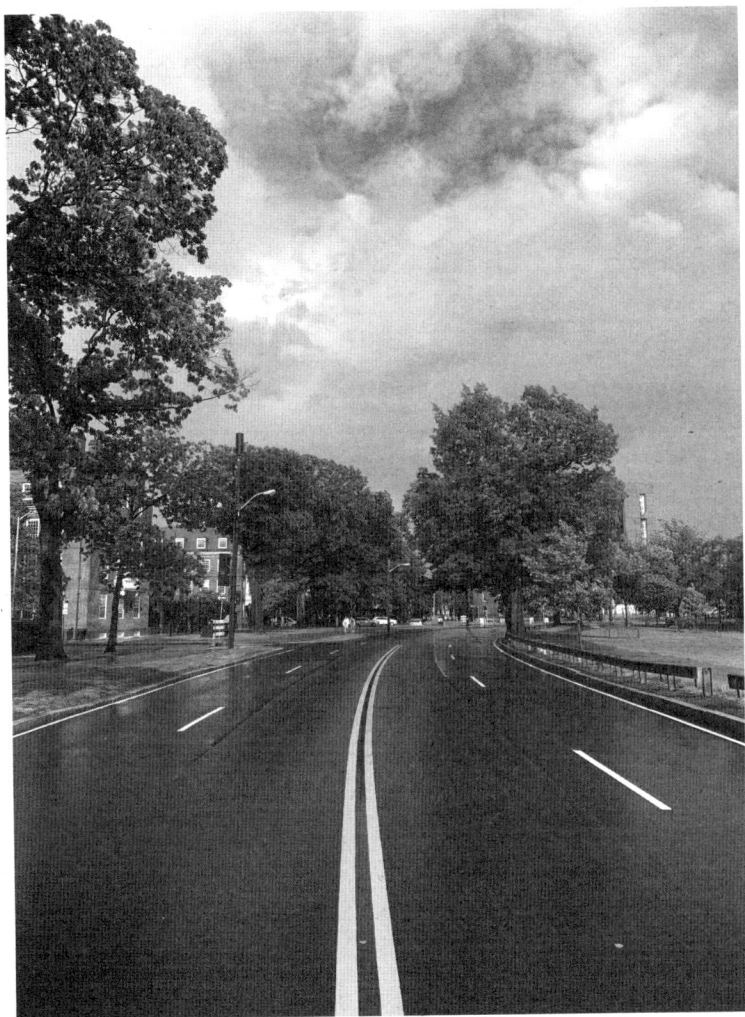

查理士河边的公路

系列大学部的宿舍，以 18 世纪英国乔治式的建筑为蓝本，别具风格。宿舍采取欧洲旧有的规制，俨然是个小学院，包括餐厅、研讨室、图书馆、娱乐厅，设备齐全；学舍里有指派的教授或研究生共同居处，平时可以提供课业与生活的辅导。

每栋学舍各具特色，在景观上最引人注目的便是不同颜色的钟楼圆顶,例如"亚当斯学舍"(Adams House) 的金顶、"艾略特学舍"(Eliot House) 的翠顶、"洛厄尔学舍"(Lowell House) 的蓝顶和"邓斯特学舍"(Dunster House) 的朱顶。这些学舍的命名大部分用来纪念哈佛杰出的校长，没有这些人的高瞻远瞩和过人的魄力，哈佛永远无法跻身世界学术之林。[1] 可是没有人知晓，为何这些钟楼的圆顶必须标示以不同的颜色。不顾人们心目中的疑问，这些形形色色的圆顶和高耸入云的塔尖，终挣脱林木之表，与蓝空配对成

①邓斯特 (Henry Dunster)，1640 年就任哈佛首任校长。在哈佛革创时期，他克服一切困难，塑造哈佛独特的风格，使得英国本土的牛津与剑桥立即承认哈佛的学位。他的人品与行政魄力成为继任者的楷模。艾略特 (Charles William Eliot)，1869 年继任哈佛校长，创设哈佛研究学院，终身致力于将哈佛学术研究提升至世界水准；并改革学制，创立选修制度。1909 年退休时，成为美国最受尊敬的教育家。洛厄尔 (A. Lawrence Lowell) 继艾略特为哈佛校长，继续推行学制的改革，为争取学术独立与自由不遗余力；当他 1933 年退休时，哈佛已毫无疑问凌驾于其他学校，成为世界第一流的大学。在艾略特和洛厄尔校长六十四年任期中，是哈佛从地方性的大学转变为世界级大学的关键时期。亚当斯 (John Quincy Adams)，美国第六任总统，曾为哈佛文学教授。

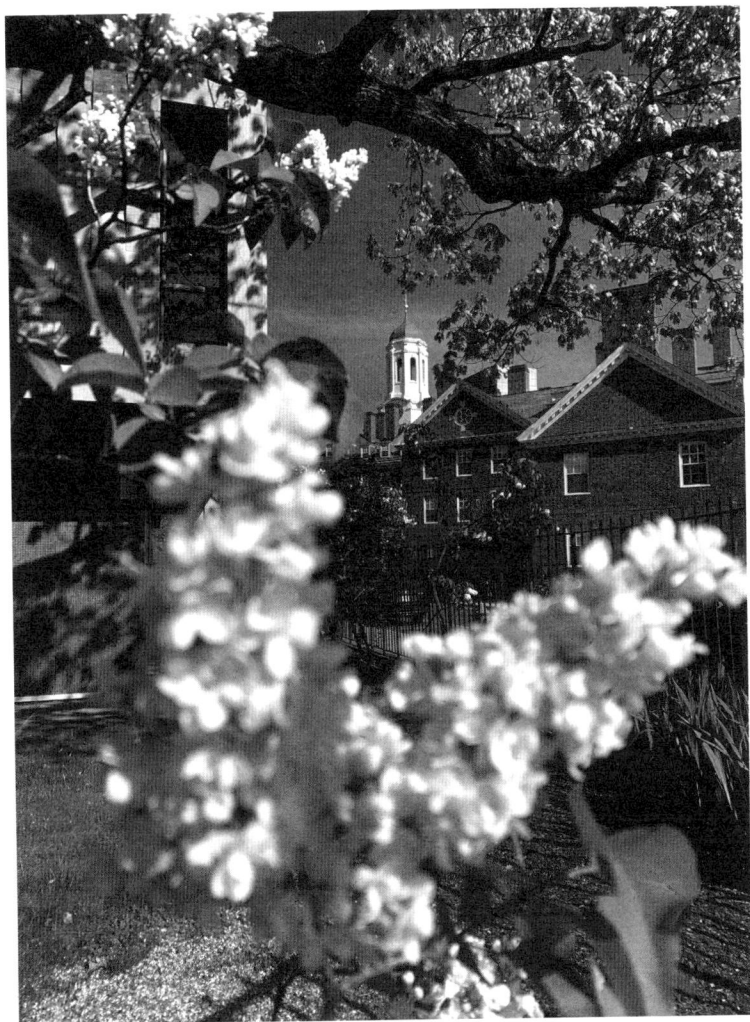

花树掩映中的邓斯特学舍

一幅奥秘不可解的图案；尤其在晨昏之际，当橙黄的阳光洒落在上面时，更增添一份静谧的气息。

有回陪侍一位教授漫步于沿河小径，经他提醒怀特海曾在此沉思人类文明的奥义；一边说着，竟然双手合十，闭目起来，沉默无言，似乎沉浸在遥远的回忆之中。看他那副虔敬之情，令我不禁联想起从前哲学黄金时代中的"哈佛四哲"（"The Philosophical Four"）[1]——罗伊斯（Josiah Royce）、帕尔默（George Palmer）、詹姆斯（William James）和桑塔亚纳不也是徘徊于此吗？说是媲美康德（Kant）的"哲人之路"[2]，当不为过。

忘记谁曾道出了这么一个很值得玩味的语句："哈佛不是地名的称呼，而是象征着一种感觉（feeling）、一种心绪（state of mind）。"平时在河边散步，不觉中就会笼罩在无可名状的气氛里，常愿仿效先哲在此思索文明兴衰起伏的道理；但不多时，这种情愫就被火红的落日吞没得无影无踪，剩下的就是朦胧的愉悦。查理士河的薄雾似乎为了把这层

---

[1] 罗伊斯（1855—1916），欲图结合观念论与实用论。詹姆斯（1842—1910），实用论的大师。帕尔默（1842—1933），伦理学家与教育家。桑塔亚纳（1863—1952），自然论者。他们在哈佛任教时，被目为"四哲人"，为哈佛哲学的黄金时代。

[2] 康德每天下午三点半必出门散步，风雨无阻。为了纪念他在哲学上巨大的贡献，时人将那条路称作"哲人之路"。

神秘的感觉渲染得更美。但查理士河的野鸭聒噪声和鱼跃声，则似乎专为了把人们从物我两忘的心境唤醒到现实残缺的世界来。冬天的查理士河，十分萧瑟，河边寒风特别劲急。下了雪，原来多彩多姿的世界顿成一片银白，与灰白的天空在色泽上仅有些微的差异。待河床结了冰，与二三友朋，手牵手试着渡过查理士河，其险何如！

从"威克斯纪念桥"顺着河流，徒步半小时，即可抵达"波士顿大学桥"(Boston University Bridge)。河的南岸即是狭长的波士顿大学校区。由北岸再步行十五分钟即抵麻省理工学院 (M.I.T.)。波士顿区有大小学院八十多家，人文荟萃由此可见，但这些学校跟哈佛与麻省理工学院相较，不免黯然失色。

麻省理工学院以工科闻名于世，与哈佛同在剑桥镇，位居查理士河北岸。剑桥镇原名新镇 (New Town)，后来因哈佛设立于此，欲仿英国本土的剑桥，才在 1638 年将该镇易为今名。

最有趣的是，在麻省理工学院前面衔接剑桥与波士顿的桥梁，竟然名之为"哈佛桥"；虽然屡遭该校学生抗议，市政府仍然我行我素。

查理士河畔的邓斯特楼

在麻省理工学院师生的心目中，"哈佛桥"毫无疑问是圣地。连计算此桥的长度，都要用特别的度量衡。一位麻省理工学院的学生，叫斯穆茨 (Smoots)，高约五尺十寸；在1960 年，他以自己的身长为标准，躺在桥上来衡量桥的长度，结果共得三百六十五"斯穆茨"。每年毕业典礼，他还要迢迢从华盛顿赶回，重新躺上创校周年的次数，其他的学生则在终点漆线作为创校若干年的纪念。这种以母校为荣、争取最后主权的精神，连哈佛的学生都不能不由衷佩服。

当然有不少传说围绕着"哈佛桥"命名的由来，其中最嘲讽的说法是：当初这座桥建造得并不巩固，毛病颇多，随时都有倒塌的可能，因此寿命不会太长；麻省理工学院有鉴于此，主动提议取名为"哈佛桥"。这类说词当然只能一笑置之，却极能反映麻省理工学院与哈佛之间错综复杂的情结。

麻省理工学院设立于 1860 年代，较哈佛迟了两百余年，原位于波士顿，1916 年才迁于今址。在它的校史中，有几次差点被虎视眈眈的哈佛并吞。前几年，该校频传财政危机，哈佛又蠢蠢欲动，使得麻省理工学院学生义愤填膺，颇不谅解。

事实上，哈佛也怀有苦衷。原来哈佛虽为全科大学，却迟迟未能设立工学院，直至近年，勉强凑个"应用科学系"，算是聊胜于无。哈佛不敢贸然成立工学院，实有不可为外人道的隐忧：一来，如果工学院未臻预期的水准，难免牵累哈佛的盛名；二来，隔邻的麻省理工学院声誉卓著，在80年代学术评鉴之中，以雷霆万钧之势囊括七系工科的冠军。职是之故，哈佛纵使倾全力以赴，胜负仍未可知。所以并吞麻省理工学院不失为稳当的上上之策。

反过来，近年麻省理工学院亦不示弱，致力发展文、理科，并雄心勃勃集资数十亿美元，筹设医学院，准备与哈佛竞争医学研究的领导地位。总之，对哈佛而言，麻省理工学院的七个科系，就像《圣经》上所说的以色列在沙漠里"遗失的七个部落"。为了弥补此一缺憾，两校皆能暂时抛开门户之见，允许学生至对方修习学分，不致有遗珠之憾。

"哈佛桥"迄今仍然安然无恙地屹立在查理士河之上，似乎意味着哈佛与麻省理工学院之间永无休止的恩怨，一如重述三国时代古老的故事——"江流石不转，遗恨失吞吴"。只是不知孰为吴？孰为蜀？

帆船点点，遥望汉考克大楼

查理士河流过"哈佛桥"之后，河域顿形开阔，至"朗费罗桥"(Longfellow Bridge) 之间，成了小内海。在两桥中点的北岸有哈佛的"帆船屋"。夏季帆影点点，五彩十色的帆布，穿梭其间，煞是好看。

由"帆船屋"眺望远方南岸的"比肯山庄"(Beacon Hill)，在落日的映照之下，十分耀眼；州议会的金色圆顶更是万丈光芒。对骄傲的波士顿人来说,道地的"波士顿人"必须是他的祖先住过"比肯山庄"或埋在近郊"奥伯恩丘陵"(Mount Auburn Cemetery) 的古坟场。

由"帆船屋"正视彼岸的"汉考克"(Hancock) 与"普如登"(Prudential) 两栋摩天大楼，一如天柱。"汉考克"由名建筑师贝聿铭所设计，据说是世界上首栋启用玻璃帷幕的高楼（约六十余层）。由于设计别出心裁，竟可将邻边典雅的"三一教堂"(Trinity Church) 映摄其中,成了"楼中楼"，真令人叹为观止。

直接在麻省理工学院对岸，有一大片公园，中有贝形的露天演奏厅；每年夏季远近驰名的"波士顿大众音乐"(Boston Pops) 在此举行。听众躺卧草地，仰视星空，颇有"仙乐飘飘处处闻"的情趣。这项娱乐由波士顿市政府免费提供，算是一大德政；但真正的大功臣却是指挥家菲德勒(Arthur Fiedler)。经他四处奔走，终在 1929 年成立了"波士顿大众乐团"，致力将古典音乐普遍化。他的曲目新旧参半，老少咸宜，极受爱戴。他指挥了半个世纪，鞠躬尽瘁之后，由《E.T.》的作曲者约翰·威廉姆斯(John Williams)接棒，声势历久不衰。

每年 7 月 4 日，美国国庆，"波士顿交响乐团"(Boston Symphony Orchestra)循例在此演奏柴可夫斯基(Tchaikovsky)的"一八一二"，象征先民击退英军、争得独立的豪情。乐曲尾端的炮声，由美国陆军的炮队配合；钟声则是借自哈佛"洛厄尔学舍"的组钟。这套组钟是自由世界仅有的两套俄国组钟之一，据说非如此不能达到演奏最佳的效果。

当乐曲演奏完毕，即开始大放烟火。五彩缤纷、变化万千的烟火，以夜空为垂幕尤为绚烂。查理士河熠熠发光，遥相唱和。偶尔照亮了隐藏在黑暗中的"朗费罗桥"。

"朗费罗桥"桥面有着两组堡垒似的塔饰，远望如餐桌上的盐罐和胡椒瓶。本地人常戏称为"盐罐和胡椒瓶桥"(Salt and Pepper Bridge)，梁上雕刻的人物是为了纪念传说中登陆查理士河岸的维京人。每次我在夜里走过这个桥，就想起当年朗费罗从"比肯山庄"访友回家，经过此桥的情景，他的名诗《桥》（"The Bridge"）在路旁响起，我顿时觉得现在与过去完全交流在一起了。

THE BRIDGE

by Longfellow

At first localized as *The Bridge over the Charles*, the river which separates Cambridge from Boston.

I STOOD on the bridge at midnight,

 As the clocks were striking the hour,

And the moon rose o'er the city,

 Behind the dark church-tower.

I saw her bright reflection

 In the waters under me,

Like a golden goblet falling

 And sinking into the sea.

And far in the hazy distance

Of that lovely night in June,

The blaze of the flaming furnace

Gleamed redder than the moon.

Among the long, black rafters

The wavering shadows lay,

And the current that came from the ocean

Seemed to lift and bear them away;

As, sweeping and eddying through them,

Rose the belated tide,

And, streaming into the moonlight,

The seaweed floated wide.

And like those waters rushing

Among the wooden piers,

A flood of thoughts came o' er me

That filled my eyes with tears.

How often, oh how often,

In the days that had gone by,

I had stood on that bridge at midnight

And gazed on that wave and sky!

How often, oh how often,

I had wished that the ebbing tide

Would bear me away on its bosom

O' er the ocean wide and wide!

For my heart was hot and restless,

And my life was full of care,

And the burden laid upon me

Seemed greater than I could bear.

But now it has fallen from me,

It is buried in the sea;

And only the sorrow of others

Throws its shadow over me.

Yet whenever I cross the river

On its bridge with wooden piers,

Like the odor of brine from the ocean

Comes the thought of other years.

And I think how many thousands

Of care—encumbered men,

Each bearing his burden of sorrow,

Have crossed the bridge since then

I see the long procession

Still passing to and fro,

The young heart hot and restless,

And the old subdued and slow!

And forever and forever,

As long as the river flows,

As long as the heart has passions.

As long as life has woes;

The moon and its broken reflection

And its shadows shall appear,

As the symbol of love in heaven,

And its wavering image here.

哈佛先生铜像

"美丽踏实"

5月，我看到成群的工人在"哈佛校园"(Harvard Yard)①内，忙着培植新栽的绿地。6月初，走过"大学馆"(University Hall)，见到校旗、州旗、国旗并排斜挂在馆前，知道又逢一年一度的毕业典礼了。

哈佛校旗以"哈佛红"为底色，中央印有盾形的黄色校徽，里边写着拉丁字"VERITAS"（音译"美丽踏实"），意谓"真理"，这是哈佛唯一的校训。②

"大学馆"位于校园中央，为校长与院长的办公室，是栋美式造型的建筑，以灰色花岗岩为建材，比起校园里其他以红砖建成的校舍，显得相当突出。当初"大学馆"落成时，由于建材与色泽有异于传统的哈佛校舍，颇受非议。

---

① "哈佛校园"指的是旧的"大学校园"(College Yard)，以围墙环绕的校区。
② 哈佛校徽制定于1643年。原来的格言如下："让柏拉图与你为友，让亚里士多德与你为友，更重要的，让真理 (VERITAS) 与你为友。"(Amicus Plato, Amicus Aristotle, sed Magis Amica VERITAS.)

然而随着审美观点的演变，今天却被誉为哈佛最有特色的建筑之一了。

"大学馆"的墙壁布满了常春藤，藤上的枝叶随着四季的变化呈现不同的色泽；所以"大学馆"像似变色龙，从淡青、墨绿、橙黄到火红，以至于叶落殆尽又恢复灰白的本色，周而复始，蜕变不已。

"大学馆"正面左右侧皆有阶梯式的出入口，两门的中点坐落有"约翰·哈佛"(John Harvard) 的铜像。铜像之下有大理石座台撑托着，座台前面刻着三行字：第一行为"约翰·哈佛"，第二行为"创校者"(Founder)，第三行为"一六三八"(1638)；这便是著名的"三个谎话的塑像"(Statue of the Three Lies)。首先，当雕刻家法兰西 (Daniel Chester French) 在 1884 年雕塑"约翰·哈佛"时，因为没有人见过"哈佛"本人，故只好以一位英姿焕发的校友作为模特儿，结果就是今日众所目睹神采奕奕的雕像。然而这个人绝不是哈佛先生。其次，"哈佛"并非哈佛大学的创校者。"约翰·哈佛"仅在临终前，将他的一半财产及全部书籍捐给哈佛大学，充其量只能算是捐赠者，但后人为了纪念他的慷慨解囊，便以他的名字作为校名。所以第二行的"创校者"三字也是"谎言"。最后，哈佛大学创办于 1636 年，而非 1638 年。

虽然"哈佛"铜像有若干的讹误，人们对它的兴趣却丝毫不减；不时有游客围绕着它，这尊铜像遂变成哈佛校园最上镜头的人。有些爱护它的学生，在冬日落雪时，还煞有其事帮它戴上雪帽，披上围巾呢！另外一些调皮学生却在特定节日泼上鲜艳的油漆，让那些校工去善后。

"哈佛"铜像对哈佛学生到底意味着什么呢？明知它不是真实的，却又在它前面比手划脚，与友朋津津乐道，这似乎有违"家丑不可外扬"的古训。这个谜团或许可以从亨利·詹姆斯 (Henry James) 教育性的自传 (*The Education of Henry James*) 里寻得一丝线索。

亨利·詹姆斯是 19 世纪下半叶的小说家，他的哥哥即是大名鼎鼎的哲学家威廉·詹姆斯 (William James)。但他的声望始终不如哥哥，对哈佛也始终有着一层疏离感；在他回顾自己心智成长的历程之时，对哈佛大学颇有微词。他认为新英格兰的子弟争相以进哈佛为荣，但是学校本身并没有提供明确的生活指标，除了感染到怀疑、冷静的精神，几乎学不到任何有意义的东西。但末了亨利·詹姆斯不得不

哈佛附近爬满常春藤的墙面

承认这股质疑的精神却伴随了他一生。我想正是这个传统，令"约翰·哈佛"的铜像，既知为假，又可在众目睽睽之下安然屹立在校园里；因为哈佛人不轻信传说中的权威偶像，所以反而易于采取唯美的观点来欣赏它，使它与当前的生活打成一片，成了谈天的佐料。

"大学馆"东边的校园还有许多校舍坐落其间，例如最古老的"麻州馆""哈佛馆"等等，可是都极巧妙地为校园里高大的榆树所遮掩，所以各馆都自成一个独立的庭园。这种微妙的效果尤以"大学馆"西边的校园表现得最明显。这里南、北向各自坐落了气魄恢宏的"怀德纳图书馆"（Widener Memorial Library）与玲珑雅致的"纪念教堂"（Memorial Church）。照理说，"怀德纳图书馆"前面应留置空旷的草地，以烘托它的雄伟之姿；但相反的却栽满了榆树，不远处又坐落了小巧的"纪念教堂"，塔尖夸张地高耸入云，似乎欲与"怀德纳图书馆"一较高低。从空中鸟瞰，"怀德纳图书馆"与"纪念教堂"如巨人与侏儒并排站立，十分不称。可是在地面上，由于有枝叶茂密的榆树装点其间，故它们的比例看起来并不悬殊，整个景观相当均衡和谐。这种庭园布置，用心之巧，令人叹为观止。

步入西边校园，首先映进眼帘的便是十二根巨大的圆柱，矗立于宽广的阶梯之上，这便是"怀德纳图书馆"的正面，典型的希腊科林西式建筑。楼高约十层，有地下通道衔接另外三个图书馆，藏书一千两百万册，为世界上藏书最富的大学图书馆，据说将书籍摊开来有五十英里长，为九十二个哈佛图书馆的行政中心。

"怀德纳图书馆"的背后还蕴藏着一个动人的故事。光从图书馆的名字就可以看出它显然是为了纪念怀德纳先生，一位哈佛的校友（1907年毕业），他不幸在1912年著名的海难事件——"泰坦尼克号"(Titanic) 误触冰山时，随船殉身。怀氏本人是书籍的收藏家，他的母亲有感于生前他对母校的热爱，特别捐赠了此座图书馆，使得哈佛学生至今还被其恩泽。

"怀德纳图书馆"左侧依次则为哲学系"爱默森楼"和被目为建筑精品的"塞弗楼"(Sever Hall)。"塞弗楼"的造型是罗马式的，以纤细"砖"饰和精雕的拱形门驰名。是一个授课讲堂。

直接面对"怀德纳图书馆"的则是"纪念教堂"。"纪念教堂"原是为了纪念两次大战中奉献生命的哈佛人，平

纪念教堂

怀德纳图书馆

怀德纳图书馆的阅览室，有宏大瑰丽的穹顶

常是哈佛学生做礼拜与办婚礼的场所。但印象中，似乎极少学生在此举行婚礼；大概是因为哈佛学生潜心向学，以致无心"恋"战吧！

"纪念教堂"背后，越过"哈佛校园"的围墙，即是"纪念堂"（Memorial Hall），为新哥特式的建筑，外观看起来俨然是教堂，其实不是。"纪念堂"建于 19 世纪中叶，原是为了纪念美国内战期间牺牲的哈佛校友。它包括了两部分：一边为剧院，是哈佛乐团平时演奏的地方，中国著名的提琴手马友友即在此演奏过（他是哈佛驻校的艺术家）；另一边为演讲厅，以前哈佛学生还不多时，毕业典礼即在此举行。后来哈佛人数增多，"纪念堂"容纳不下，毕业典礼即移至"校园"内"纪念教堂"与"怀德纳图书馆"之间的空地举行，而以"纪念教堂"的平台为讲台。每年 6 月的毕业典礼是哈佛最为热闹的时候，剑桥镇的客栈挤满了游客，其中大多是校友与应届毕业生的家人。这时整个校园突然如临大敌，到处有校警站岗，需有通行证才能进入，可能是为了怕过多游客涌入校园，妨碍了典礼的进行。事实上，从早到晚都有电视实况转播，然而大家都希望亲临现场，才有亲切的参与感。

首先，毕业生以院为单位，跟着标帜一排排进入会场。毕业礼服以"哈佛红"为主色，各院打扮稍有出入。随后，校长、院长、教授们鱼贯步上平台，由于欧美各校博士服差异颇大，远看他们就像服装表演，五花十色，有骑士装，有僧侣装，中间竟然有一位着印地安酋长服，不知出身何方名门，惹得大家哄然大笑。毕业生见到平日自己敬爱的师长，照例集体鼓掌叫好。

典礼仿照中古仪式，先由"米德尔塞克斯郡郡长"(the Sheriff of Middlesex County) 以令牌在讲台上用力敲三下，宣布哈佛大学举行毕业典礼。随即听到哈佛合唱团唱起毕业歌，然后学生代表致拉丁贺词，听众只看到这位代表，兴高采烈，唱作俱佳，每逢"Saluto！ Saluto！！ Saluto！！！"（祝贺之意），底下即应和欢呼，虽然听不懂代表在台上说的拉丁文，却是宾主皆欢。哈佛的毕业典礼以学生为中心，达官贵人或不以为然，亦无可奈何，仅能瞪目以对。

学生致词完毕，校长即颁赠学生代表学位证书，照例又是一张人人看不懂的拉丁证书，所以接到证书之后，只要发现自己的名字拼音无误，即可放心。接着就由校长宣

美丽踏实

桑德斯戏剧院

布荣誉博士的人选，并进行颁奖，这是典礼中较严肃的一刻。荣誉博士是哈佛最高的荣誉，只授予对人类文化与社会有杰出贡献的人，照例只有极少数人才能获得，其荐选作业极为秘密，在典礼之前不轻易透露，以免人情干扰。

在我读书期间，先后有西德总理施密特 (Schmidt)、南美一位人权斗士等荣获此一殊荣；然而我最受感动的是1978 年颁赠给苏联流亡作家索尔仁尼琴 (Solzhenitsyn) 的典礼；他同时是下午典礼主要的致词者；此为历届毕业典礼的高潮。我还记得和几位同学因挤不进校园，只好在"科学中心"大楼从电视上聆听这位作家的讲演。

索尔仁尼琴用俄语演讲，随即由其女秘书译成英语。索氏语调激昂，手势明晰有力，颇为生动传神。他声明今天的讲演将针对西方社会提出一些尖锐的批评，但这些批评实是朋友善意的诤言，而非敌人邪恶的毁谤。

他直截了当地指出：当前西方世界普遍弥漫着一股安逸妥协的气息，这个现象实根源于西方社会道德勇气与精神价值的式微。20 世纪里西方文明对物欲无止尽的追求与满足，使得道德资源相形之下变得相当贫乏。在索氏心目中，科学与技术无论有多大的跃进都不足以弥补人类在道德智能上的萎缩。

他批评西方人民不懂得珍惜并妥善运用他们辛苦从历史斗争过程里得来的自由，致使自由变得轻率与不负责任。大众传播滥用自由报道的特权，剥夺了老百姓认识真实的权利，以浮夸无聊的闲谈充塞人们的灵魂，使得后者的生活日渐污染而变得庸俗不堪。西方的社会虽然没有检查制度，但传播媒体因受商业取向的操纵，故一味追随时尚，内容日趋一致，其结果与共产社会的媒体并无异样。

索氏洞识到：西方社会组成的形式端赖法律的保障与约束，但到头来法律往往成了最终诉诸的价值。他很不客气地说道：一个像共产集权的社会，缺乏客观法治的保障，固然令人畏惧；但一个处处仅依赖法律条文，而缺乏精神内涵的社会，同样不值得人们过活。科学与技术并无法挽救西方社会的颓丧，只有彻底改变人类对自己以及对宇宙的观点，才是根本的解决之道。索氏不啻意谓着：文艺复兴时代以降，以"人"为中心的世界观必须有所更正，因为这种世界观使得人类妄自尊大，终于陷入今日茫然失所的困境而不能超拔。索氏总结，光谈人文主义而缺乏实质的精神内涵是不足与共产主义的意识形态相抗衡的。因为后者虽然极端的物质化，却亦披着人文主义的外衣。所以，唯有返归（或重建）一个以超越力量（神）为中心的世界观，才能拯救人类空前的浩劫。

索氏的讲演是哈佛毕业典礼最佳的献礼。他的遭遇与历练凝聚成一股无可抗拒的精神力量，震慑了全场的听众，有些人甚至感动得热泪盈眶。

记得索氏在开场白中首先提醒人们，哈佛的校训是"真理"，然而"真理"的追求必须全神贯注，稍有疏忽即易迷失；而且"真理"通常无可避免地会惹人不悦。索氏的确是懂得哈佛校训的精髓："真理"只有"美丽"是不够的，同时必得是"踏实"的。

戴维·麦克莱兰教授

劳伦斯·科尔伯格教授

心灵的探索者

在未到哈佛念书之前，即很心仪两位哈佛的心理学大家：一位是麦克莱兰①(David C. McClelland) 教授，另一位即是科尔伯格 (Lawrence Kohlberg) 教授。

麦克莱兰先生以研究"成就动机"闻名于世。他的名著《成就的社会》(*The Achieving Society*) 素被誉为探讨经济成长与成就动机的杰作。麦氏一方面对以往汤因比 (Toynbee)、斯宾格勒 (Spengler) 等解释文明起伏的理论，觉得疏阔无当；另一方面他对当前流行的数量经济，又觉得过分的理性化，以致显得矫揉造作，与真实的经济行为常有扞格之处。

他认为心理学在这方面颇能补充经济理论的不足，可以帮助我们了解人类在具体状况下的经济生活。

---

① 现今常译作"麦克西兰"。(编辑注)

麦克莱兰教授虽仅是心理学科班出身，在《成就的社会》这本书中，却采取了"科际整合"的方式，从不同角度、不同面向来探寻心理因素与经济行为的关系。他以历史上不同时代的儿童读物来拟测群体的成就动机（就教育而言），可谓匠心独运。他发现每回测得高度的成就动机，下一阶段即会呈现显著的经济成长；由此可以获知二者关系之密切。

麦氏取材宏富，上自希腊，下迄当代各个社会，举证历历，加上辅以精确的数据分析，使得论证更趋谨严，以致具有极高的说服力。因此《成就的社会》一书能左右逢源，同时受到人文学者和社会科学家的激赏，实属意料中事。

有一回，他提到撰述此书的一件趣事说：早年读书时，由于厌恶历史，刻意逃避这方面的课程；可是事有凑巧，偏偏为了研究上的需要，急需明了英国历史背景，为此只好请教当时哈佛一位名史学家。麦克莱兰先生老实告诉对方，自己对英国史一无所知，希望推荐"一本"最完备的英国史供参考。结果对方很吃惊地瞪着他，喃喃说道："天啊！"（My God!）转身就走了。

既然问道无门，麦克莱兰先生只好花费许多心血，胡乱摸索。或许正因为如此，他反而能超越传统学科的藩篱，开创出一个新局面来。这未尝不是因祸得福。

我个人之所以喜欢科尔伯格教授的"道德发展心理学"(psychology of moral development) 是有点时代背景的。进大学的时候，适逢存在主义的浪潮席卷了校园，于是入境随俗感染了一点存在的气息。听到人说"生命是荒谬"的，周遭的图像就突然变得扑朔迷离；又听说"真理是主体性"的，天天即栖栖遑遑试图做存在的抉择，结果弄得疲惫不堪、无所适从。正在彷徨之际，另股欧风美雨——逻辑实证论登陆了，以科学的口吻斩钉截铁地宣称："伦理只是情感的语言。"一时人心大快，自己仿佛久梏铁笼的小鸟，一下子看到栅门打开，难免雀跃欢呼。但兴奋只是短暂的，伦理既然只是主观感情的表达，那什么都是可能的，同样也都是相对的。故即使鸟出了笼，终究还是落得振翅难飞的惨境。

某天有个心理系的同学，拿了一份问卷测我。问卷中的题目皆呈"道德两难式"(moral dilemma)，譬如："世界仅存一颗万灵丹，你决定救一个患癌症的小孩，还是一个七十岁的老总统？"或者"在一个荒岛上，虽然自己力有未逮，你是否愿意答应一个垂死之人的心愿？"勉强作答完毕，这位同学告诉我，这是科尔伯格教授设计出来的问卷，可以测得一个人"道德判断"（moral judgement）的程度。令我异常惊讶，世界上竟然有如此美妙的知识。于是找了一些有关科尔伯格理论的资料来阅读，虽然仅止一知半解，却像是接受心理治疗，心灵渐渐恢复了秩序之感。

进了哈佛，翻开心理系的课表，不见科尔伯格先生的大名，心里很是纳闷。在哈佛前几年，功课压力十分沉重，自顾不暇，慢慢地也就把这件事淡忘了。

1981年的夏天，独自留在宿舍里。暑假，大部分学生都走了。校园与宿舍格外清静，很是享受。偶然在餐厅里发现一份课程讲义，意外地发现科尔伯格先生原来是教育学院的教授，暑假特别为外地研究人员开了短期讲习班，主要内容就是"道德教育"，欣喜之余，就赶快跑去听课了。参加的学员大多为中年人，大概是来自各地的教师。猜想科尔伯格先生必定是有教无类，没有征得任何许可便找个角落坐下来。

科尔伯格教授貌不出众，语调平淡，但授课内容既新颖又富挑战性。早年科尔伯格教授从事"道德发展""道德教育"的研究，备尝艰辛，他的精神压力主要是来自学术

学习室–1

学习室–2

界的低气压。美国是一向标榜自由、多元的社会，对高谈"道德教育"的人士，难免嗤之以鼻。所以科尔伯格先生必得两面作战，一方面致力理论的突破与资料搜集；另一方面，必须用丰富的成果来辩护该项研究的价值。多年后"道德心理学"已经蔚然成风，科尔伯格先生亦声名卓著，跟当初惨淡经营完全不可同日而语。但极少人记得当日科尔伯格先生筚路蓝缕以启山林的苦状。

科尔伯格教授从 1954 年开始运思他的博士论文，至 1958 年完成论文之后，他的"道德发展"理论又经过长达二十年的探讨与修正才趋于成熟。可见他的学说之所以能周密完备是经过长期锻炼的结果，绝非一时灵感可致。

早期他的"道德发展"理论显受瑞士心理学家皮耶杰 (Piaget) 的影响。皮氏以构作"理念类型"的方法，将道德区分作"他律"(heteronomous) 型和"自律"(autonomous) 型。皮耶杰的分类概念实建立在康德 (Kant) 的伦理哲学之上。皮氏认为所谓的"道德"便是对"律则"(rules) 本身与制造"律则"者的尊崇。"他律"型的道德只是单方面的尊重，例如，对父母或其他权威以及他们所指定"律则"的服从；然而"自律"型的道德却是双向的尊重，例如，同侪之间的互动关系。

依皮氏原来的见解，随着年纪的增长，一个人的道德有可能由"他律"型转向"自律"型。另一方面，皮氏又深受法国社会学家涂尔干 (Durkheim) 的影响，认为"社会关系"的性质会影响道德类型的发展；传统社会（以涂尔干的用语"机械凝结体"）里，"他律"型道德会延伸至一个人成年之后，只有现代社会（以涂尔干用语"有机凝结体"）才会有上述两型道德的转变。

科尔伯格教授认为皮耶杰并没有认识到这两种类型的道德基本上是"质"的转化，而非逐渐演化的结果。同时，皮耶杰没有将"道德形式"与"道德内容"作截然的分辨，以致无法看出潜在"结构"(structure) 性的问题。

科尔伯格以结构整体 (structural whole) 的观点将"道德判断"的进展分成六个阶段，由下至上依序为：他律道德、个体与工具性的道德、人际规范的道德、社会系统的道德、人权与社会福利的道德和普遍伦理原则的道德。[①] 这六个阶段各自形成一个独立的结构和思考模式，所不同的是，每一高层次的阶段较低层次的阶段具有较大的结构均衡性质，

---

① 科尔伯格的理论在个别论点上常有修正，最近的观点请参阅：Lawrence Kohlberg, "The Current Formulation of the Theory," in *Essays on Moral Development* (San Francisco, 1984), vol.II.ch.3. 拙作仅止于介绍其精神面貌，而不涉及细节。

意即拥有较高的分辨（道德与不道德之辨识）和统合能力。换句话说，高层次的道德阶段比低层次的道德阶段要显得优越。科尔伯格之所以下这样一个论断，主要的根由便是罗尔斯 (John Rawls) 的《正义论》(*A Theory of Justice*)。借着后者的理论，科尔伯格方才能为第六阶段的优越性提供理论的辩护。①

诚然罗尔斯并非科尔伯格伦理观念唯一的泉源，其他如黑尔 (R. M. Hare) 对"道德语言"规范性质的剖析，也有助于他对道德命题的省察。依据科尔伯格长年从各地搜集的经验资料显示：在正常的情形之下，人类的道德判断会随着年纪与日俱增。在不同文化中，进展的速度虽有差异，但阶段的序列却不会回逆；同时在不同文化之中（例如，他调查过墨西哥、土耳其、以色列等），道德内容或有不同，但道德原则 (moral principles) 却是一致的。这一观察反驳了人类学家长久以来津津乐道的文化相对论，认为不同文

---

① 科尔伯格的六个"道德阶段"仅涉及"道德判断形式"，例如，"契约论"与"功利论"皆可视作第五阶段，即使道德内容不同，原则却是合一的。"第六阶段"的关键在于明了人类的法律与道德是"人为构作" (constructivism)，生命才是最终价值。此一观点科尔伯格启发自罗尔斯的哲学观点。见 John Rawls, "Kantian Constructivism in Moral Theory," *Journal of Philosophy* 87(1980),pp.515-572。但科尔伯格的"六个道德阶段"说并无法说明"人为何要有道德"这个大问题，因此科尔伯格才有采究"第七阶段"深具宗教意义的想法。见 *Essays on Moral Development*(San Francisco,1981),vol.I,ch.9。

化拥有不同的伦理标准。在哲学层次上，他亦否定了伦理相对论；只要是真正的道德判断则必须符合两项伦理的基本原则："公义"（justice）和"福利"（benevolence）；而非漫无准则，各尊所闻，各行其是。

以往的心理学家认为个人的道德仅是社会化的结果。这类观点不管是"行为学派"的斯金纳（Skinner）或"心理分析学派"的弗罗伊德（Freud）皆无大差异。科尔伯格认为这是"心理学家的谬误"（the psychologist fallacy）。依他之见，"道德原则"既非先验，亦非经验归纳的结果，而是人类与环境互动的产物。科尔伯格虽然强调年龄与道德发展的关系，但他绝非一个生物决定论者。他认为只有在适当的环境之中，人的道德进展才是毋庸置疑的。

某回有位知名的伦理学家接受了科尔伯格"道德判断"测试之后，在问卷里夹了一张便条，写着：我自度在你的道德测验居第五阶段，请示知如何让我提升一点？（很巧，科尔伯格正是认为这位哲学家以往所建构的伦理学说属于第五阶段的范围。）对科尔伯格来说，恰当的"道德教育"正好可以答复这位哲学家的要求。

"道德教育"对促进"道德意识"固然可以扮演诱导的

角色，但必须与教条化的灌输判然有别。科尔伯格基本上是采取杜威 (John Dewey) 的教育观点，认为"教育"是进展的过程；他又以"苏格拉底"的教学方式来激发并提升受教者的道德意识。这中间牵涉了两点技术问题：第一点是，最有效的教育效果，是以受教者原有的道德阶段的上一阶段作为教学目标，否则陈义太高，受教者对过分超越的道德判断将茫然不知所解。第二，皮耶杰发现人的认知能力随年龄之增长呈结构性的阶段发展，因此科尔伯格认为"道德判断"的阶段变化应和"认知结构"属"同构"(isomorphic) 性质；后来他修正了观点，认为"认知"阶段仅是相对"道德"阶段的必要条件，而非充分条件。

科尔伯格基于上述考虑，策划了一套道德教育方案，在某些学校和监狱实施以来，都收到显著的教育效果，使他的理论更进一步获得经验证据的支持。在哲学观念上，他亦修正语言分析学家的工作——伦理哲学的要务不止是对道德语言的解析。抽离了具体的脉络，道德语言即失去意义。"不要说谎"这个语句可能同时出现在六个道德阶段之中，而呈现极为不同的道德含义；例如对"道德判断"第一阶段的人，"不要说谎"意味着避免受到惩罚；对第五阶段的人则意味着对社会契约的尊重。二者的含义迥然有别。对科尔伯格而言，道德是具体、动态、发展的事实，而不是抽象的说理。

应该警惕的是，科尔伯格所测的并非人类实际的道德行为，而只是道德意识罢了。科尔伯格只是借着受测者对"道德两难"问卷所做出的道德推理，加以分析之后，归为"道德判断"的不同形式，而后提出理论辩解。

科尔伯格另一项有趣的观察是："道德判断"评价愈高的人（第五或第五阶段以上），他们的"道德判断"（知）及"道德实践"（行）常趋一致；这项发现或许能为历来纠缠不清的"知行合一"问题提供解答的钥匙。另一方面，科尔伯格很清楚"道德判断"只是"道德实践"的要素之一，其他还得关系客观环境与行为主观的条件，譬如"自我的控制"（ego control）等。总之，就"道德实践"的问题而言，他并不赞成如《圣经》上保罗所言，仅是灵肉的交战使得人们无法做他们应该做的事情；或者弗罗伊德那一套源于《圣经》的现代翻版：道德的挣扎来自"驱力"（id）和"超我"（superego）的斗争。对科尔伯格而言，这些都过分简化了"道德实践"的问题。

心灵的探索者

麦克莱兰教授揭示了人类经济行为的底层，蕴藏着人类企求成就的动机；科尔伯格教授的研究明白指出人类伦理生活的活泼多样性。这些心灵的价值，原来无声无息地在人们日常的行为中作用着，经过他们的发掘之后，突然从我们内心深处跃到意识层面，使我们对人类的行为有更深一层的认识，在这个意识之下，用"心灵的探索者"来称呼他们应该是再恰当不过了。

重返哈佛

去年 12 月的一个冷天，重回阔别三年的哈佛！当机长宣布飞机开始下降时，我突然涌起一股近乡情怯的感觉。从机窗向下俯视，地面白茫茫地铺盖了一层细雪，是岁末的波士顿了。抵达机场已接近午夜，心想明日就能回到剑桥重温旧梦，顿时忘却旅途的疲劳；彻夜竟像期待远足已久的小孩，兴奋得难以成眠。

一清早赶往"公园街"(Park Street) 地下车站，等候"红线"电车。候车月台，有两位衣衫单薄、不畏风寒的年轻人，吹奏横笛，旋律优雅，状颇陶醉，前面的纸盒里虽然只有几枚铜板，但是一点也不影响他们演奏的情趣。过去我经常伫立一旁欣赏，这次却匆匆掷了铜板，焦急地盼望电车的出现。

银装素裹的哈佛1201楼

当电车驶过查理士河的时候，只见河面结满了薄冰，几只野鸭似乎懊恼找不着可供悠游的水域，来回在河岸踱方步。"汉考克"和"普如登"大楼，在晨曦之中如双峰并峙，十分耀眼。电车随即又驶入黑漆漆的地下铁道。

走出电车，发现"哈佛站"一下子由平面扩充成立体多层的车站，四处装修得美轮美奂，宽敞有余，简直不敢相信自己的眼睛。摆在眼前的出口那么多，一时如迷途的小孩，不知何去何从。呆立许久，有恍如隔世之感。

顺着"教堂街"的指标，走出车站；原来斑驳而充满古意的教堂变得焕然一新，几乎认不得。心想对街围墙内的"哈佛校园"不知变成什么样子？还是先找个歇脚处，心理稍做准备再穿越过去吧！

所幸"绿屋"咖啡店并无两样，点了早餐，聆听隔桌两位学生正在高谈里根总统应邀至哈佛创校三百五十周年致词的趣事。原来哈佛邀请了里根参加毕业典礼，可是又舍不得赠与荣誉学位，惹得对方微微不悦，真是早知如此，何必当初呢？

"哈佛合作社"之前，有人不顾车水马龙的喧嚣，慢条斯理地拉着小提琴，似乎弦歌不辍才是"哈佛广场"应有的特色。走进西区的校门，猛吸一口新鲜的空气，精神为之抖擞；和煦的阳光从云堆间隙透射出来，洒在身上，连内心深处都起了一股暖意。哈佛建校足足三百五十年了，在这漫长的岁月中进进出出的学子不知有多少，可是哈佛依然是哈佛，它无视于人间的激昂与失落，无视于动乱或沧桑，永远屹立在这里等待一春，送走一春。

哈佛校园的秋季最是婀娜多姿，落叶随着树隙的阳光盘旋而下，似千万只飞舞的小雨伞。时值初冬，叶落殆尽，榆树孤零零地站立在那儿，虽然萧瑟，却别有一番劲拔的滋味。

校园里的建筑，静谧地坐立原处，时光之流并没有带来些微的改变；它们安详地默默无言，似乎欢迎游子的归来。校园里的松鼠，溜达在草地上，见了人来，睁大眼睛，后脚竖立，前足拱起，像似恭贺新年报平安。见它们行礼如仪，忍不住回报一块儿刚买的奶酪；它们雀跃欢呼，四处奔跳，吱吱叫，又像似急着倾诉"哈佛的故事"。

还记得刚到哈佛，在"福格艺术馆"(Fogg Art Museum)[①]首次看到梵高的《自画像》、雷诺瓦(Renoir)的《少女》那

①"福格艺术馆"为世界知名的美术馆，以收藏精品著名，是最好的大学艺术收藏中心之一。中国部分尤以汉玉驰名。

哈佛大学的秋日

份兴奋惊奇的神情，更不用说雷布兰 (Rembrandt) 与莫奈 (Monet) 了。每番总是在这些名家作品之前，伫立良久。此次重看，似乎格外多情。走下底楼，展出的是一个古老文明的历史：殷商铜器、汉玉、明清字画，以及那座静坐千年、剥落殆尽的木菩萨；收藏虽富，自己免不了有"抛却自家无尽藏，沿门持钵效贫儿"的哀伤。

"科学中心"的前庭，不知何时，搁置了一些奇形怪石，成圆盘状，这个乱石阵颇富玄机，我端详再三，还是不得其解。远望"大学馆"，"约翰·哈佛"的铜像仍然若无其事地安坐那里；脑际浮现麦科德 (David McCord) 与它禅机式的对话：

"这是您吗？约翰·哈佛？"我对他的铜像问道。

"的确，这是我，"约翰说。

"并在你离开之后。"

是的，只有"约翰·哈佛"才是哈佛永远的主人。当大家都得别离时，唯有他可以留在原地独享四季的礼赞。

从前每次经过"怀德纳图书馆"前的"哈佛中国同学碑"时，总是忘记留意碑文记些什么。这纪念碑据说是明清之物，

哈佛大学中的
中国同学碑

300th Anniversary Stele

This slender marble slab, or stele, was presented
to Harvard in 1936 as a gift from Chinese alumni
on the occasion of the University's tercentenary.
The inscription commemorates the founding of
Harvard College in 1636 and celebrates the
importance of culture and learning both in the
United States and in China. The full Chinese
text is 370 words long; the original calligraphy,
in kaishu style, is that of the famous scholar –
diplomat Hu Shi (1891-1962), who took part in the
1936 ceremonies as the representative of Peking
University and received an honorary degree.
The full text and translation, along with further
information, is available via the QR code link.

慶哈佛建校三百周年紀念石碑

此亭亭直之大理石碑乃中國哈佛校友會
于一九三六年為母校成立三百周年捐贈誌
慶。碑文旨在紀念一六三六年哈佛大學之
創建，並頌揚中美兩國右文興化、重學尊
教之傳統。原文楷體三百七十字，為著名
學者及外交官胡適（字希彊，安徽績溪人）
手筆親書。其時胡適代表燕京大學參與一
九三六年校慶，獲頒哈佛大學榮譽文學博
士學位並為盛事致辭。如欲參看碑文全文，
英文繙譯，及有關三百週年石碑前因後果，
可通過QR碼鏈接。

中国同学碑上的文字

乃"中国哈佛同学会"在1936年送给母校庆祝创校三百周年的礼物，可能是不堪北国风雪的摧剥，碑文辨识起来颇觉吃力，索性爬到驮碑的怪兽背上，仔细端详，只见上面刻着：

美国哈佛大学三百年纪念 [①]

文化为国家之命脉。国家之所以兴也繇于文化，而文化之所以盛也实繇于学。

深识远见之士，知立国之本必亟以兴学为先。创始也艰，自是光大而扩充之，而其文化之宏往往收效于数百年间而勿替；是说也，征之于美国哈佛大学滋益信之矣！

哈佛约翰先生于三百年前，由英之美讲学于波士顿市，嗣在剑桥设大学，即以哈佛名之；规制崇闳，学科美备，因而人才辈出，为世界有名之学府，与美国之国运争荣。哈佛先生之深识远见，其有造于国家哈佛之文化大矣。

我国为东方文化古国，然世运推移，日新月异；志学

---

① 哈佛档案室仅藏有此碑文的英译。遍询师友，竟无人知晓碑文所记为何。趁这次重返哈佛将它抄下，分段并加标点，聊备查考。

之士复负笈海外以求深造。近三十年来，就学于哈佛，学成归国服务国家社会者，先后几达千人，可云极盛。今届母校成立三百年纪念之期，同人等感念沾溉启迪之功，不能无所表献；自兹以往，当见两国文化愈益沟通，必更光大扩充之，使国家之兴盛得随学问之进境以增隆。斯则同人等之所馨香以祝而永永纪念不忘者尔！

西历一九三六年九月哈佛中国留学生全体同学敬立

当我正专心抄录碑文，涵泳文义时，有位校警好奇地前来盘问阁下爬在怪兽上，做何贵干？一时情急，不知如何作答，只好回答："替古人作文章。"校警先生不以为意，莞尔而笑，离去前只说："继续努力！但别掉下来，也别受冻了。祝你好运！"经他提醒，才发觉不知何时气温骤降，手足已为之麻木，赶忙躲入"哈佛书店"。

对我这个来自北回归线的游子来说，"哈佛书店"永远是躲避风寒的好地方，里面的暖气和音乐总是给人不可言喻的温馨。见到史华慈 (Schwartz) 教授的巨著《中国古代的思维世界》(*The World of Thought in Ancient China*) 赫然摆在书架上，随即取阅，浏览再三。选购了几册自己喜爱的文集，步出这个曾经"巡阅"了六年的书店，只见漫天飘雪，行人低首疾走。

后　记

　　《哈佛琐记》是我个人对哈佛求学时代的一些琐细的回忆。除最末一篇——《重返哈佛》——是描写去年岁末重返哈佛的经历之外，其余十四篇都是记载 1977 年至 1983年之间的见闻。

　　不可否认，这些回忆都十分主观，因此不免是片面的。读者不难在字里行间发现我对哈佛的偏爱，这个偏爱实源于六年哈佛生活所产生的深挚情感，而不是可以用理性来推证的。

　　每个人内心深处都隐藏一个奥秘的精神泉源，不断地支持他在现实世界里过活，尤其在俗事纷扰之际，还能回到自己心灵的世界滋养休息，以便重新出发。

　　哈佛的可贵之处，便是提供一个良好的气氛，让每个人尝试去表达自己，发觉真实的自我。在哈佛，每人受到鼓励用自己的想法去思考，用自己的感官去感觉，按照自己喜爱的方式去生活。除了个体层面的解放之外，哈佛还能够承接西方知识的传统，使置身其地的人随时可以与古人精神相往来。威廉·詹姆斯 (William James) 曾描述他心目中"真正的哈佛"，他说：

我相信，就培植自主与孤独的思想者的苗床而言，除了哈佛大学，无出其右者。哈佛的环境不只允许，而且鼓励人们从自己的特立独行之中寻得快乐。相反的，倘若有天哈佛想把她的孩子塑模成单一固定的性格，这将是哈佛的末日。

我毫无异议地赞成詹姆斯的想法。

的确，世界上还有不少大学的历史比哈佛更悠久，还有不少大学的校园比哈佛更美丽，还有不少大学的精神比哈佛更贵族；但对我而言，只有哈佛才是心灵的故乡。

附 录

古典的回顾

——韦伯的《中国之宗教》

《中国之宗教》为何是西方汉学的一个重要泉源？

任何久仰韦伯（Max Weber，1864—1920）大名的人，翻开《中国之宗教》都不免微微的失望。首先，本书不少有关中国史实谬误的记载，是任何具有中国历史基本常识的人都要感到讶异的。例如，他把"朱夫子"的"夫子"当作"朱熹"的名；又把"商鞅"与"卫鞅"视为不同的两个人，一个是合理化政府组织的创制者，另一个是合理化国家军事系统的建立者。在个别论点上，韦伯由于受了时代环境的限制，有些论断以今天的学术水平视之，实难以接受。譬如，他根据格鲁伯（Grube）的研究，相信中国文

161

附 录

字是视觉重于听觉的语言，加上中国语法的理性结构，使中国语文不适合诗意或系统思考的表达，亦无法发展出如西方语言那般精湛的演说术，以致中国文人在艺术上，只能欣赏"读"与"写"。既然这本书有如许的缺陷，为什么至今仍然能够享誉宗教社会学，同时为西方汉学的一个重要泉源呢？这就是本文试图探讨的目标。

《中国之宗教》是英译本 *The Religion of China: Confucianism and Taoism* 的中文译名，原著为德文，名为 *Konfuzianismus und Taoismus*，《儒家与道家》，刊载于 1915 年。1951 年英译本刊行，为格特 (Hans Gerth) 所译。

今年（1985 年）距离原著刊行恰为七十年，这期间中西学术界对中国文化与中国社会的了解都有长足的进步。比起韦伯的时代，简直不可同日而语。在当时，倘若一个不懂中文的西方学者想要研究中国问题，除了依靠极为有限的二手翻译材料，便是借助当时传教士的著作；除此外别无其他途径可循。当时西方汉学正陷于低潮之中，更无优秀的研究成果可资凭借。韦伯正是处于这样贫乏的学术情况之下，从事本书的写作。

换言之，韦伯除了能求助"理论先入关注" (theoretical

preoccupation) 的指引，在资料掌握方面委实相当困窘，因此在进行比较工作时必然"荆棘满途，举步维艰"。但令人惊奇的，韦伯就是在这种不利的情况下，不只跨出一大步，同时也开创了研究中国文化的一个新局面。我们只要看看今天西方汉学的作品有多少是衍发或启示自韦伯的《中国之宗教》，即可获得印证；这正如同许多中国学者的历史研究启发自钱穆先生的《国史大纲》。总之，《中国之宗教》这本书的优点和缺点大致可以从两方面反映出来：韦伯的理论素养和资料的限制。

近代西方文明为何具有显著"理性"素质？

为了进一步了解《中国之宗教》的整体含义，就必得明了此书在韦伯理论架构中的位子。终其身，韦伯心目中一直萦绕着一个大问题，即近代西方文明为何具有显著的"理性"质素？也就是说"合理性"(rationality) 变成西方近代文明的特色。这种特征表现在西方近代社会的各个层面，举凡经济、法律、宗教、艺术等等皆着其痕迹。以实例而言，行政的阶层化、法律的系统与形式化，以及音乐的作曲与交响乐团的组合，皆可视为此一特质的具体表征。

除了在具体的脉络里，韦伯很少正式讨论"合理性"这个概念，以致历来学者争论不休，莫衷一是。不管它只意谓"工具理性"或者可以包含"价值理性"，至少它具有"知识专门化"与"技术分工化"的性质，此殆无疑问。"合理性"发展的结果必定是"效率"与"生产力"的提高，但是这种趋势并不一定对人类的福祉有所助益；就像"阶层组织"的极度发展，很可能导致个人在现代社会所扮演的角色就如同一部机械里的螺丝钉，不仅渺小得可怜，而且完全受牵制。但是这种独特的"合理性"却在西方文明获得前所未有的发挥，最明显的就表现在西方近代科学的建立与资本主义的兴起。

首先，西方近代科学固然在技术层面带给人类生活许多有目共睹的方便，可是另一方面由于大自然的神秘与神圣性被揭露之后，世界失去原有的"迷力"(the disenchantment of the world)，人类原来依之而产生的信仰或精神的启示也就荡然无存。于韦伯而言，人类终究是追寻意义的动物；世界既然失去意义的凭借，人类不能不再次备尝艰辛与焦虑为自身编织"意义的网络"(web of meaning)，以求得"安身立命"之所。雅斯贝尔斯(Karl Jaspers)因此称韦伯为"存在主义的先驱者"，的确有所洞见。

貌似理性的资本主义运作制度的背后却由不合理的新教伦理支撑。

另一方面，为了探讨近代资本主义产生的精神驱动力，韦伯在 1904 年和 1905 年发表了一连串的文章名为《新教伦理与资本主义的精神》[*The Protestant Ethic and the Spirit of Capitalism*，英译本为 1930 年美国社会学家帕森斯 (Talcott Parsons) 所译]。这是韦伯最出名，也是引起最多争论的著作。

这一本书的精彩之处便是韦伯如何利用繁复细密的论证，来说明貌似合乎理性的资本主义的运作制度，背后却由一套极为不合理性的新教伦理支撑着。

在 16、17 世纪的欧洲，除了北意大利、法国等信仰天主教的区域之外，某些改信新教的地区，例如荷兰、英格兰的商业经济有相当显著的发展，而这些经济活动的形态，被认为是近代资本主义萌芽的征象。这个事实是欧洲经济史的常识。对韦伯而言，他想了解的是：宗教在促成此一蓬勃的商业活动之中，究竟扮演了何种角色？是抑制或者促进此一经济形态的发展？更确切地说，韦伯试图界定"新教伦理"与"资本主义精神"之间的关联。

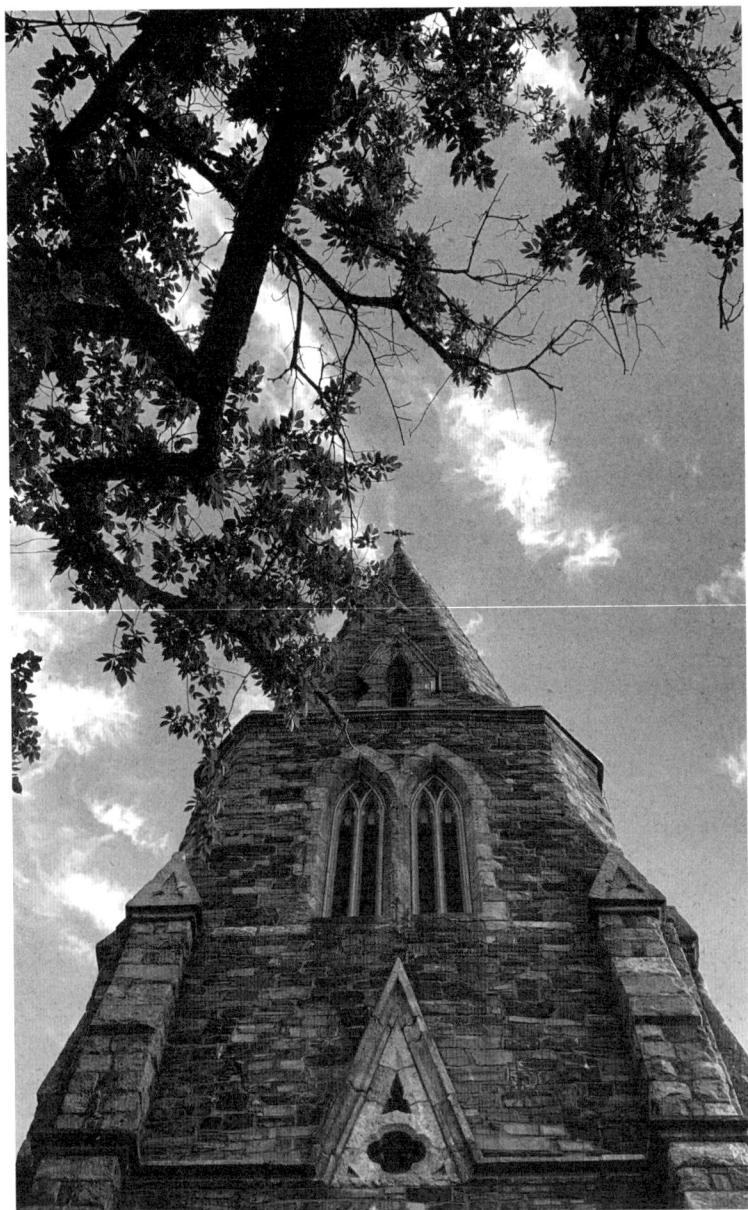

哈佛1201楼后的老剑桥浸信会教堂

在宗教改革以前，基督教神学对俗世的生活，尤其是经济行为，总是抱着鄙视的态度，"天国"才是虔诚基督徒应该向往的乐园。阿奎那(Thomas Aquinas)认为"工作"只是为了维持个人与群体的生存，俗世的活动若不是为了信仰的生命，则毫无价值。在中古时代，一个基督徒关怀的仅是"彼世"，而非"此世"。因此俗世的成就并非价值的来源，但这种情况在"宗教改革"以后，有极明显的变化，俗世活动从此获得宗教意义的肯定。

在"宗教改革"里，当以路德(Luther)和加尔文(Calvin)所领导的教派最具代表性。路德教派在促成资本主义的兴起方面并不居要位，因为在路德倡导的教义之中，俗世的改造并未受到重视。虽然他攻击传统的教会，主张直接阅读《圣经》才是得救真正的途径，但是他的着眼点仍然关注灵魂的救赎，以便安然进入"彼世"。相对的，于加尔文而言，"天国"虽然仍为最终的向往，但为了荣耀上帝的存在，则必得实践俗世的责任，改造世界。

为什么美国首富休斯竟死于"营养不良"？

在促成资本主义的精神方面，路德的世界观虽然只具有消极的意义，但是在移译《圣经》的过程中，路德介绍了德文"Beruf"(意为"召唤"或"天职",相当于英文的 calling) 这个概念,却是经济伦理的里程碑。"Beruf"可以意谓"作",但在路德的用法,仍倾向于指称上帝为每个人所安置的位子,以致此一概念所隐含的"转化力量"(transformative power) 并不突显。直至加尔文手中,我们才看到"Beruf"这个概念有了与传统截然不同的含义。

加尔文认为"Beruf"并非仅意指基督徒主观"内心的召唤",更重要的是强调外在俗世职责的实践。路德与加尔文对"Beruf"解释的差异正反映了二者对"感情"看法的不同。从小浸润于日耳曼"人性本善"的传统,路德信任人类感情自然的流露;反观加尔文对"感情"却抱持着怀疑的态度,因此要求信徒必须在"感情"上自我约制。

除了重视俗世工作的意义,加尔文另有一项独特的教义,即"预选说"(the doctrine of predestination),此无异铺下另一座通往资本主义的观念桥梁。"预选说"意谓,人是否会得救,上帝早已决定,人类的意志与努力丝毫不能改变上帝最初的决定。倘若人的智慧可以窥测上帝的意旨、人的努力可以更改上帝的计划,上帝原定的宇宙秩序将为之破坏无遗,世界将变成不可思议。所以即使最虔诚的信仰行为亦不能改变原来已被决定的命运。加尔文不信任"教会"或者"忏悔"的制度，因此在个人与上帝之间并无中间的媒介，每个人都必须直接面对上帝。在此意义之下，个人是绝对的孤独。

依韦伯而言，作为一个亟望得救的加尔文信徒，其内心的焦虑必然无比的巨大。一方面，他固然希望自己是上帝的"选民"(the elect)；另一方面，却无由得知。他所能努力的，只是经由俗世的努力来证明上帝的存在，以自己现世的成就来肯定上帝对自己的"恩宠"(grace)。

职是之故，加尔文的教徒必须实践"召唤"，以克"天职"，这种"召唤"通常被视为上帝"恩典"的象征。在现世之中，教徒必得不断努力地工作，求取俗世的成就来荣耀上帝。因此在企业上，必须以最合理的方式来牟取最大的利润。为了达到合理的经济，就涉及企业的规划，例如"私人财产"与"公司财产"的分离、计划性的投资、有效的商业组织、簿记制度等等的建立。这些都是近代资本主义的特征。由于勤奋与理性经营的结合，使得加尔文教徒致富甚易。加上宗教伦理的约束，使他们不敢放纵肉体的享受，平常自奉甚薄，勤俭度日。财富于他们而言，只不过是为了荣耀上帝的"恩宠"。严格地说，他们只是为主子（上帝）管理财产，却没有花费这些财产的权利。直至20世纪，某些西方企业家仍然奉行此一经济伦理，譬如令我们中国人百思不得其解的美国首富休斯 (Hughes)，无视于庞大的产业，却因经常食用廉价快餐罐头，以致死于"营养不良"。此一奇特的行为，从新教伦理的观点或可理解，至少视作此一经济伦理的残余迹象殆无疑问。

"资本主义就像牢不可破的铁笼，紧紧桎梏住人类的命运，直至烧尽最后一吨煤炭，方才罢休。"

总之，《新教伦理与资本主义的精神》这本书的贡献，即在于指出，近代资本主义合理经营的态度，却是由新教，尤其是加尔文教派之宗教伦理所驱策而致。韦伯能够掌握到这一点，委实令人击节称赏。特别在20世纪，宗教与资本主义经常处于对立的状态，更难体会原来资本主义发展的真相：一种强烈追求"救赎"的宗教信仰却无意中逼出理性的企业精神。

可以想象得到，韦伯的说法必定引起极大的反响，赞成者与反对者比比皆是。社会学家艾森斯塔得 (S. N.

Eisenstadt) 曾经有很扼要的综述（见是氏的《分析与比较架构中的新教伦理假说》，收入 *The Protestant Ethic and Modernization*，页 3—45 ），于此不再赘述。值得略做补充者只有以下几点：

首先，韦伯《新教伦理》这本书并非意图做"因果分析"，是故并不产生"新教"导致"资本主义"的论断。这种普遍的误解，连博雅如布罗代尔 (Fernand Braudel) 都难以免除。其次，索罗金 (Pitirim Sorokin) 批评韦伯把新教伦理与资本主义做比较，犯了错置范畴的谬误。索氏所持理由是：资本主义自成一套复杂的系统，而新教伦理只是新教之中一项构成分子，二者分属不同层次、不同系统，因此不可互比。索氏的批评为无的放矢。事实上，韦伯所感兴趣的只是在精神层面之上新教伦理与资本主义精神有何关联，并不涉及资本主义整体的问题。

此外，韦伯并不否认资本主义可能有影响新教形成的地方。但韦伯意在反驳当时流行的经济决定论，所以《新教伦理》的研究着重在说明宗教影响经济行为的可能性。最后值得一提的是，20 世纪的资本主义与 16、17 世纪显然有相当大的差异。在资本主义的经济秩序形成以后，此

附录

一经济制度就像一部机械取得了内在的动力，自行运转起来，不再理会原来的助力和约束。若说目前资本主义的运作与新教"俗世的苦修主义"(world asceticism) 无甚关联，并不为过。韦伯曾很悲观地说，对现代的人而言，资本主义就像牢不可破的"铁笼"(an iron cage)，紧紧桎梏住人类的命运，直至烧尽最后一吨煤炭，方才罢休。此一预言，实令人深省。

韦伯撰写《中国之宗教》，并非单纯为了了解中国宗教本身，而是想解答为何类似西方的"合理性"无法在中国产生。

本来在完成《新教伦理》之后，韦伯计划进一步探究社会状况，尤其是经济因素如何塑模新教伦理。但他的朋友——搓尔契 (Ernst Troeltsch)，一位杰出的神学家，出版了《基督教会的社会教示》(*The Social Teaching of the Christian Churches*)，打消了他的念头。此外，为了不使得《新教伦理》显得孤立，韦伯拟以比较各个文明里宗教与经济发展的关系，来烘托新教伦理对整个西方文化发展的意义。在此一观念架构之下，韦伯陆续完成了《中国之宗教》《印度之宗教》与《古代犹太之宗教》，而《中国之宗教》却是此一庞大计划的第一个作品。所以我们可以明了韦伯撰写《中国之宗教》并非单纯为了认识中国宗教本身，而是想解答为何类似西方的"合理性"无法在中国产生。于此一脉络之中，《新教伦理》所蕴涵的改造俗世的积极意愿被立为衡量的标示，依此来衡度中国宗教"转化俗世的力量"。

《中国之宗教》这本书分成三部分：第一部分涉及中国社会的背景及结构，第二部分为儒家思想，第三部分则为道家思想，依类别大略可分为社会因素及思想因素两大类。本书涵盖的范围不限于韦伯所谓的"儒家与道家"，并且检讨了中国的社会基础。韦伯打破材料的时限，以"理念型态的方法"(ideal-typical approach)首先建立了中国社会、儒家与道家的理念形态以资比较。这种方法的长处便是以研究目标为指引，在观念上设计出"精简"的理想模型，以便在对比之下彰显探讨的对象。这是韦伯在方法应用上的长处，也是他独特的风格。

首先，韦伯在本书涉及中国社会的部分，刻意挑选了五项因素以考察其与资本主义形成的正、负关系。这五项因素分别为：货币制度、城市和行会、国家组织、血缘组

附录

织和法律。韦伯之选择此五项因素是可以理解的：货币经济本为资本主义运行的先决条件，西欧城市则为近代资本主义的发源地，而中国的官僚体系与血缘组织却是中国社会的特征，法律则为可充分反映上述错综复杂征象的条文证据。

就货币而言，稀有金属（例如金、银）随着中国历史的发展，有逐渐增加的趋势，此固有利于货币经济的建立，尤其有利于国家财政控制。但传统经济的地方色彩却牢不可破，加上沉重的人口压力，中国始终无法建立一套有效率的货币制度，此正显示资本主义难以在中国繁荣滋长。

与西方的都市比较，中国的都市与行会，自古迄今毫无政治的自主性，这可能与中西都市的起源有关。从希腊城邦开始，西方的都市即为商业重镇，海上的贸易一直受到极大的重视；反观中国都市深具内陆性格，行政的功能远超过其他考虑，不仅都市无法拥有保卫自己的军队，都市里的行会亦缺乏法律的保障，在中国都市之中，从来找不到保障个别都市权益的"特许状"（charter），因此都市无自由与独立可言，也无法发展自己的特性。

多层次分析人文环境，试图找出资本主义不能在中国开展的原因。

中国官僚组织的庞大在世界史上的确十分罕见：从中央到地方层层节制，韦伯认为中国中央集权的官僚组织与"水利"和"运输"有关，但他不像后来的魏复光 (Karl A. Wittfogel) 在《东方专制论》(*Oriental Despotism*) 中那样的独断，认为东方官僚体系的产生即是为了对付巨大的水利工程。

在时间上，自秦始皇统一天下以后，废封建、行郡县，中央集权的官僚体系即趋成熟。在唐代，文官考试制度正式建立，摒除贵族势力，从此官僚系统的补充有一定的来源。而一群通过文官考试的知识贵族从此成为中国官僚的特色，他们代表了特权的统治阶层。

中国境内相当长期的稳定，加上广大一致的官僚制度，表面上似乎有助于货物流通与货币经济的流行。可是中国的官僚制度不一定对资本主义的形成具有正面的意义，因为对统治阶层而言，他们所关心的只是财政的税收与劳役的分配，基本上对经济的发展与革新并无兴趣。由于官僚集团整体利益的阻碍，使得历史上任何的改革皆寸步难行。

传统中国的老百姓即使稍有积蓄，宁可花费在培植子弟，求取功名，或者购买土地，却不愿意投资工商事业。促成上述保守经济行为的主要原因是："任官"所得的利润远超过其他行业，在社会上官宦家庭又可以享有优越的地位；此外，传统中国的小农经济形态，拥有土地的人可以在经济与心理上取得安全感。

中国强大坚固的宗族组织是唯一可以和中央政府抗衡的社会力量。但是随着历史演进的结果，这类血缘组织只能在地方上扮演较重要的角色。宗族是一个多功能的团体，可以兼具宗教仪式的执行者、地方冲突的仲裁者、文化教养的培植者等等多样的角色。在经济上又可发挥互助作用，当一个族人失业时，它是最好的庇护所，是故，市场上很难取得真正的自由劳工。由于宗族影响力遍布个人生活当中，因此中国老百姓最基本，同时也是最真实的认同感，实为乡土的宗族组织。因此，即使他们居住在都市之内，乡土观念仍然强烈地支配他们的行为与价值观。这种对宗族的依赖心态妨碍了个人独特性的伸展，后者实为推动资本主义不可或缺的意向。

中国法律，尤其发展至近代，并不限制居住、迁徙，又不禁止放贷或商业活动，也不歧视人种或地域的差异，似乎提供了一个发展资本主义的理性基础。实则不然，中国法律由于政治的干预从来未获得司法独立的地位，因此个人的偏爱与特权可以与之并行。加上地方与传统主义的作祟，中国的官僚制度一直无法达到理性与普遍形式的水准。而司法独立与合理普遍的官僚系统却是近代资本主义的要素。

《中国之宗教》以中国正统思想的儒家与非正统思想的道家为考察要点。

总之，中国很早就获得统一，固然在政治与社会上带来较稳定的秩序，但也消除了列国彼此竞争的刺激。譬如为了准备或因应战争，导致在经营上必须采取合理的措施。这在近代西方国家是常有的现象，同时亦是资本主义发展的机会。在中国历史则无由得见。在检讨了中国社会之中有利与不利资本主义产生的因素之后，韦伯做了如下的结论：

合理的企业资本主义，在西方特别见诸工业方面，在中国则不仅受挫于缺乏形式保障的法律、合理的行政与司法，以及受制于广布的职俸式的官僚制度，而且基本上缺乏一种独特的心态。最重要的，合理的资本主义是受阻于中国"精神"(ethos)的态度，和代表此一意向的官僚与希企任官的文人阶层。

换言之，在考察中国社会之后，韦伯并没有发现阻挠资本主义发展的"决定因素"，反之，他相信这项关键因素却存在于中国人的价值观，所以代表中国人正统思想的儒家和非正统思想的道家便成为讨论的要点。

儒家思想当然是以孔子与孟子为首要。在战国以前，儒者在民间思想的流派中相当活跃，以继承传统、实践古代理想为职志。居中虽然一度受到秦始皇"焚书坑儒"的压抑，从汉代中期起却逐渐取得优势，尤其到了唐代，科举制度成为文官任用的考试，儒家经典被指定为考试内容。因此，儒家思想即变成官方意识形态，这种情况在历史上略有变动，却大致维持至清末为止。

儒家思想具有强烈传统主义的倾向，对世界抱着调和与适应的态度。基本上，是俗世文人政治规范与社会礼仪的统合。对"形上问题"无甚兴趣，相反的，却极具俗世实际的心态。儒家认为宇宙秩序是和谐、固定的，而人文的社会秩序为宇宙秩序的一部分。对儒者而言，因为世界的本质是善的，所以俗世的价值应该获得正面的肯定。小至于个人的"修身"，大至于统治阶层的"为政之道"，就是如何与世界取得和谐圆融的关系。

儒家着重的是人与人之间的关系："君臣""父子""夫妇""兄弟""朋友"所代表的"五伦"实为社会秩序的核心，其中尤以子对父的"孝"为其他关系的典范与基础。依韦伯看来，儒家所构思的"身份伦理"(status ethic) 与中国社会结构的阶层分化有密切关联。由于此种意念深植于中国人的"灵魂"之中，致使中国人很难与超越此中关系之上的事物认同。是故，"忠君"即意谓"报国"。这种心态实有碍官僚体系合理化的推行，因为近代阶层组织的特色即在于超越此类人际关系的束缚。

此外，儒家主张"君子不器"。"功能"的分化与专业化为君子所不齿。经典教育的目的不在教导个人特殊的知识，而是为了培养个人的德行与文化通识。这种想法首先不利于官僚组织的特殊化，一般官僚因为只具备普遍的文化素养，无法直接处理日常的实务，导致必得依赖地方人士与宗族组织，才能推动行政事务。其次，本来儒家对经济行为皆有相当程度的认可，例如，孔子"足食"的观念，孟子对"无恒产者无恒心"的认识；可是由于"君子不器"作祟，导致工商业皆不受到鼓励。而职俸制的官僚地位又成为一般文人希企追求的目标，因此，科学与技术皆不发达。

儒家与道家缺少"转化俗世的力量"就是资本主义无法在中国滋长的主要原因。

儒家在宗教的立场，原则上是"不可知论"（agnostic），孔子不是说"未知生，焉知死"吗？对身后的世界，儒者除了"留名"，并无太大的好奇与关切。儒家思想中，缺乏超越的"人格神"，因此无明显的宗教成分。这种理性的态度或许可以满足文人与统治阶层的集体意识，但对芸芸众生的心理需求，尤其想了解他们个人切身遭遇的苦难，儒家思想显得无能为力。于此，他们只得求助佛教与道家。儒家本身宗教性质的薄弱，使他们愿意吸收其他宗教（包括民俗宗教），或与之妥协，只要后者不致威胁它作为官方意识形态的地位即可。

就经济伦理的观点，佛教否定"现世"的思想，即可毋庸再论。道家尊重个性伸展、崇尚自然、蔑视礼俗，似乎与资本主义有汇通之处。究其实则不然。

韦伯并不分辨"道家"与"道教"的不同，在他讨论之中，经常将二者混淆为一。老子的"无为"、庄子的"贵生"都肯定"现世"的价值。基本上，老、庄都反对儒家的人文作为与社会安置，认为人为将会破坏世界原有的纯朴与和谐。老子的"无为"使我们想起经济上的"放任政策"，但他又主张"小国寡民""返璞归真""民至老死不相往来"，却是不利工商发展。道家对"长生"的重视，对"生命"的眷恋，使他们相信"魔术"（magic），他们喜好"炼丹"以求"长生"，喜好"冶金"以求"财富"。这些迷信并没有逼出西方以数学为基础、以实验为指引的自然科学。

道家"天人合一"的神秘主义更无法使他们具有超越俗世的动力。他们对"无为"的执着、敌视社会改革与创新，令他们比儒家更具保守倾向，以致无法突破传统的藩篱。因此，谈不上经济发展。总之，儒家与道家缺少"转化俗世的力量"就是资本主义无法在中国滋长的主要原因。这是韦伯以它们和新教比较所得的结论。新教原则上否定"现世"的合理性，以"改造俗世"为己任，这种激进的态度导源于对超越性上帝的信仰。换言之，他们欲以改造"俗世"的业绩来荣耀上帝的恩宠。反之，在中国历史之中，从未出现革命式的预言家或超越的救世主，这可以反映中国思想"转化力量"相当薄弱。

随意比附中西文化固然失之肤浅，但尽是毫无目的地列举二者之异同，亦无助于增进彼此之认识。"比较研究"之有效必须相对于有意义的观点，方才能领略其中的好处，否则漫无边际地"比"下去，只是徒费时间。韦伯的《中国之宗教》即是"比较研究"一个绝佳的典范，它不仅弥补了"个别同质研究"的盲点，同时推衍出后者论证的普遍蕴涵。

《中国之宗教》之所以能达到设计者的目的，很显然要归功于韦伯对西方文明深厚的造诣，以及不同文明渊博的知识。这是从事比较研究必备的条件，却往往为从事比较工作者所忽略，以致"两头落空"。

末了，对于今日那些汲汲想从儒家思想寻求东亚经济成功根源的人，韦伯的《中国之宗教》不知能否发挥制衡的效用，使他们反复深思，再三致意呢？

哈佛法学教育二三事

赖英照

今年（1986年）欣逢哈佛大学创校三百五十周年，哈佛校园掀起一片庆祝的热潮，广受各方瞩目，蔚为教育界的一件盛事。忝为哈佛校友，在台北也感受到一股洋洋的喜气。此时看到校友吴咏慧《哈佛琐记》一书的出版，感到格外高兴。欣喜之余，想起哈佛法学院的一些陈年旧事，遂提笔成此文，聊表对母校的一点感念，同时表示对《哈佛琐记》一书出版的诚恳祝贺。

1636年10月28日，麻萨诸塞州^①的州议会 (General Court) 决议拨出四百英镑的预算作为创立学校之用。翌年秋，创校筹备会成立，成员包括六位政府官员及六位英国剑桥大学 (Cambridge University) 的教职员。他们怀着一腔热忱，在波士顿郊外的小镇上，积极展开创办学校的筹备工作。1638年夏天，筹备工作完成，开始招生。第一期学

---

① 现今常译作"马萨诸塞州"。（编辑注）

生共得十二人，开的主要是文学及宗教方面的课程。当时这个镇上有一位年轻的传教士，经常和校内的教职员、学生来往。1638年秋，传教士才三十一岁，却突然罹患重病，临终遗言，把他全部的藏书四百册及一半的财产（估计大约值375～779英镑之间），捐赠给这所草创不久的学校。这位传教士就是约翰·哈佛（John Harvard，1607—1638）。学校为了感念他的善意，纪念他的友谊，就以"哈佛"为校名；而这个小镇后来也以剑桥(Cambridge)为地名。

学校的规模在各方努力下，逐渐扩张。创校一百八十年后，1817年6月12日，哈佛校务会议在长期筹备后，决定利用校友捐款，正式设立法学院(Law School)。这所全美最古老的法学院于焉诞生。

哈佛法学院成立之初，并无院长(Dean)之设，仅由校方任命一二位资深教授负责院务。Issac Parker 和 Asahel Stern（1817—1829），Joseph Story（1829—1845），Jael Parker，Theoph Lius Parsons 和 Emory Washburn（1845—1870）等是历任的"负责教授"。其中以 Joseph Story 最受人怀念，对学校贡献也最大。原来学校创立之初，少有学生前来就读，在1817—1829的十二年中，只有二十五人毕业，校方财务状况颇为拮据，1829 年 Joseph Story 接掌"负责教授"后，情况才逐渐改观。Story 年轻时执业律师，后出任最高法院法官，享有全国性的声誉。他上任之后，一方面积极募款，改善学校财务状况；另一方面，以他的卓著声望，也吸引了许多学生到哈佛法学院来。在他掌理法学院的后期，1844 年时，在校生已增至一百六十三人了。

但是，Story 过世后，法学院的情况又逐渐转坏。制度松散，财务又转拮据。然而"负责教授"们并不承认这个事实。"负责教授"之一的 Parsons 教授在 1869 年曾发表他的调查报告，在结论中指出："法学院目前的状况十分令人满意。"(The condition of the school at the present time is eminently satisfactory.) 这种掩饰事实的做法，引起许多校友不满。霍姆斯（Oliver Wendell Holmes Jr., 1866 年毕业校友, 后出任联邦最高法院法官）于 1870 年在他主编的《美国法学评论》(*American Law Review*) 中写道，哈佛法学院的存在，是麻州一件不光彩的事。霍氏指出，法学院制度松散，学生不须具有任何资格均可入学，在学期间不必考试,只要在校待满一定年限（一年或一年半）即可获得学位。霍氏认为这种做法实在不负责任。霍文发表后，法学院有教授出面辩解，霍氏再度为文反驳，具体举例道：在校学生几无法从图书馆借到真正需要的书籍。霍氏的批评受到校方的重视。校方根据霍文的指责，指示对法学院的状况重做一次调查。

Parsons 感到极不光彩，愤而辞职。校方深感要整顿法学院，必须把行政管理制度化。1870 年 9 月 27 日，哈佛校长艾略特 (Charles W. Eliot) 召开校务会议，决议为法学院设置院长，并推举兰德尔 (Christopher Columbus Langdell) 为哈佛法学院第一任院长。兰德尔就在这种情况下接管法学院，可说是一上任，就面临了改革的压力。

面对这样的压力，有两大难题必须克服：第一，针对霍姆斯的指责，学校课程必须加强，图书设备必须充实，学生淘汰制必须建立。第二，为改善学校的财务状况，必须设法招收更多的学生。

原来美国建国初期，法律教育仍承袭英国传统，有志习法的人，除了自修外，多数到律师事务所学习。林肯就是一个著名的例子，他早年刻苦自学，并一度到律师事务所实习，然后成为一位著名的律师。年轻人已习惯到律师事务所而非法学院习法，要改变这样的习惯，谈何容易！

兰德尔院长在此情况下，决定对法学院做一番大刀阔斧的改革。

首先，在入学许可方面，主张新生入学应先通过考试或具备大学学位。这项制度于 1875 年正式确立。入学考试主要考拉丁文或法文的翻译；因当时年轻人懂拉丁文或法文者不多。要求入学考试无异排除了不具大学学位的人。后来历任院长承袭此一政策，于 1909 年正式废止入学考试制度，申请入学者必须具有学士学位。

其次，规定学生在学期间定期考试，此制于 1871 年实施。

复次，修业年限由原来的一年半延长为两年。1876 年，通过校规"鼓励"（encourage）学生把修业年限延为三年。到 1899 年，正式规定，修满三年考试及格才能拿到学位。

以上的改革措施施行之初，各方反应不佳。关于入学许可的要求，在林肯被刺后十年提出，所受阻力尤多；许多人把崇拜林肯的情绪，转化为反对改革的动力。林肯既不谙拉丁文及法文，也不具大学学位，但他依然是杰出的律师，依然有他不凡的成就。设若改革措施付诸实行，岂不把林肯这类型的人摒挡于法学院门墙之外？对于第二、第三两项改革，反对者忧虑，改革的实施，将使注册学生减少，使学校财务更加困难。事实证明，1870 至 1873 年间，注册学生一年少似一年。波士顿大学 (Boston University) 乘势而起，于 1872 年成立法学院，要和邻近这一所不切实际 (impractical) 的法学院竞争。但兰德尔终能排除困难，毅然贯彻其改革措施。而不利的情况，数年后，终于有了转机。学生经严格训练，毕业后表现优异，律师事务所的结业学员望尘莫及。这扭转劣势的最主要因素，得力于哈佛法学院在教学方法上的改革。

教学方法上，兰德尔主张，法律是一门科学 (science)。此处所谓的科学有别于一般泛称的"有系统、有条理的学问"，而是与化学、植物学一样的自然科学。他认为，法律存在于以往的案例中。对这些案例做系统性的整理与分析，可归纳出一定的原理原则。而把这些原理原则，应用于未来实际的案例上，可导致一定的判决。法律教育的重点，应在于培养学生具有分析、归纳及应用的能力。因此，法院以往所做的案例，应该是主要的研究教材，教授应该编写并采用 casebook；图书馆，如同化学实验室，应充实设备，成为学生主要的研习法律之所。

为培养学生具备上述的能力，教学方法上，以苏格拉底式教学法 (Socratic method) 代替传统的演讲式的教学法 (lecture)。所谓苏氏教学法，就是一种师生对话法，即老师与学生、学生与学生间反复不断问答辩论的方法。典型的苏氏教学法是这样的：老师在上课前先指定一定的案例要学生研读，上课时，指定某一个或两个以上的学生陈述案件的事实，并指出案件所牵涉的法律问题，然后叙述法院的判决及其理由。接着教授开始问：法院为什么要这样判？理由是否坚强？你同不同意？同意，理由何在？不同意，理由又如何？在师生问答中，教授常把案件的事实，不断加以变更，提出许多假设的情况，要学生根据这假设的情况下判断，并说明理由。兰德尔认为，经由这种反复问答辩论的方式，可以训练学生分析、归纳及应用的能力。而以往的案例，经过这种方式整理分析后，可去芜存菁，理出一番清晰的脉络，并归纳出堪为范例的法律原则，而使法律的适用趋于一致，亦可提高法律的"可预测性"(predictability)。

兰德尔这种"法律即科学"的观念，其产生有几种原因：

一、当时流行的律师事务所的训练，侧重实务，不免零散而庞杂；兰氏以科学方法，对法学做一系统的研究，可矫正律师事务所训练的缺失，因而可吸收更多的学生前来就读。

二、任命兰氏为法学院院长的艾略特校长是年仅三十六岁的化学家，精于自然科学的法则。提出"法学即是一门科学"的观念，较易为校长所接受，亦容易获得他的支持。

三、1870 年代，工业革命方兴未艾，自然科学无所不在，在这种气氛中，人文学科的研究容易受到自然科学影响，法律自不例外。

兰氏的方法，初时颇受议论，但后来证明相当成功。到 1880 年后期，法学院已吸引了近六百名的学生。1895 年，兰德尔因眼疾辞卸法学院院长之职，一位杰出的校友布兰代斯（Louis Brandeis，后出任美国联邦最高法院法官）写道：兰氏已经成功地证明，法学院——而非律师事务所——才是训练法律人才的最佳场所。

兰氏于 1895 年退休前，推荐埃姆斯 (James Ames) 为法学院第二任院长，埃姆斯为兰德尔得意门生，毕业后留校服务。1873 年，他未满二十七岁，兰氏力排众议，请他担任法学院助理教授（有人因为埃氏从无实务经验而反对）。埃氏接任院长后，在十五年的任内，极力推展兰氏倡导的苏氏教学法，加以发扬光大。许多评论家认为，埃姆斯是一位非常出色的法学教授，他运用苏氏教学法，技法圆熟，出神入化，比兰德尔本人尤有过之。这种苏氏教学法，经埃氏大力推展后，逐渐为全美各法学院所采用，迄今不衰。

苏氏教学法虽然影响深远，却也遭受许多批评。技术方面而言，许多人认为它太浪费时间，师生、同学间的反复辩论，使一个案例的言论，就花掉好几个钟头。再者，此种教学法，学生必须直接面对老师及同学的反复诘难，使学生上课情绪常处紧张状态，也引起学生抱怨。实质方面而言，许多人对这种"法律即科学"的主张，不以为然。早在 1880 年，霍姆斯就认为，"法律即科学"的说法，与法律实际的运作颇有距离。法律的应用并非单纯是逻辑的推演。霍氏有一句脍炙人口的名言："法律的生命不是逻辑，而是经验。"(The life of the law has not been logic;it has been experience.) 对于以三段逻辑为主要支柱的苏氏教学法及"法律即科学"的主张，这种批评，到 1930 年代现实法学派 (Legal Realism) 的兴起达于高峰。他们认为"法律即科学"的观念过度倚重逻辑，忽视现实社会的情况，不但

附录

使法律的应用趋于僵化，而且与法官判案的实际过程有别。他们举例说，一项法律原则，适用于一个确定的事实时，从逻辑的推演往往可获得不止一个的结论。在这众多的结论中做一取舍，已超越逻辑推理的范围，而含有法官个人价值判断的因素。这种价值判断的因素，即是法官生活经验的累积，见仁见智，因人而异。同样的法律，同样的事实，因此常得到不同的判决。此点就逻辑推理而言，本已无可避免，而就各个案件的客观情形加以考虑，为达到实质的公平，不同的判决结果，毋宁是必须的。现实法学派亦强烈批评苏氏教学法完全扬弃实务训练的做法。法学教育如仅限于书本，则实务技术便无法获得。这种做法，与律师事务所只知实务训练，而不知体系的理论研究，同样是矫枉过正。

埃姆斯于 1910 年病逝，遗缺由塞耶 (Ezra Ripley Thayer) 继任。塞耶出任院长前为一执业律师，在任期间只有五年（他于 1915 年 9 月 14 日病逝），虽无重大兴革，却延揽了三位法界重镇：庞德[①](Roscoe Pound)、斯科特(Austin

---

① 罗斯科·庞德（Roscoe Pound, 1870 年 10 月 27 日—1964 年 6 月 30 日），美国 20 世纪最负盛名的法学家之一，他的法学思想对当代法学理论的发展产生了重要的影响，他是"社会学法学"运动的奠基人。为了纪念庞德，哈佛法学院在 1970 年修建了庞德堂。（编辑注）

Scott，任命于 1910 年）和法兰克福特（Felix Frankfurter，任命于 1914 年）。塞耶死后，一时未及任命新院长，由斯科特暂代，直到 1916 年 2 月 14 日庞德就任为第四任院长为止。

庞德素为我国法界所熟知。他在抗战前后曾应我政府之聘为司法部顾问。他提倡从社会实际需要的观点来研究法律，为社会法学派的巨擘。庞德掌哈佛法学院二十年（1916—1936），关于他一生行述，论著甚多，兹不赘述。

庞德之后，为兰迪斯 (McCauley Landis)，他出任院长前，曾先后为联邦贸易委员会 (Federal Trade Commission) 委员及证券管理委员会 (Securities and Exchange Commission) 主任委员。他历经罗斯福的新政，眼看行政权大幅扩张，行政法规蓬勃发展，教学上，颇注重实定法的研究。行政法，尤其是经济管制法规的课程大量增加。这种方法，对于兰德尔以案例为主的教学法，已有相当的修正，蔚为兰迪斯在任十年（1937—1946）的特色。

1946 年，格里兹伍德 (Erwin Griswald) 任第六任院长。鉴于商业急速发展，课程上，他注重商法及贸易法的研究。格氏在任内又努力发展研究所教育，及国际法学之研究，

附录

怀纳德图书馆

奠定哈佛法学院执国际法牛耳的基础。格氏于 1967 年卸任，由博克 (Derek Curtis Bok) 继任。

博克受命于校园学潮最高涨的年代，颇致力于安定的工作。博克当时为权威劳工法学者，对劳工运动及种族纠纷颇有研究。任内努力增加少数民族学生的入学机会，希望借提高少数民族的教育程度，缩减黑、白差距，缓和种族问题。博克又鉴于美国社会逐渐朝向多元发展，任内一方面增加选修课程，一方面与商学院 (School of Business Administration) 及政府学院（School of Government，又称 Kennedy School）合作，使学生得跨院选修课程，并有机会取得企管硕士 (MBA) 或政学硕士 (MPA) 学位，以满足学生多方面的兴趣，并配合社会发展的需要。1971 年博克出任哈佛大学第二十五任校长，院长一职由萨克斯担任。

萨克斯 (Albert Sacks) 成名甚早，年轻时与哈佛另一教授 Henry Hart 合写一本 *The Legal Process:Basic Problems in the Making and Application of Law*，虽然从未出版，却颇受法界推重，被美国许多法学院采为教材。此书用"问题方法" (problem method) 代替兰德尔的"案例方法"(case method)。在问题研究上，注意当事人、法院、立法者和行政部门之间的关系，探究各个当事者(party)在法律实际运用上所扮演的角色及功能。他又提倡 reasoned elaboration，对现实法学派的立论提出反驳。现实法学派后期的主张，过度强调"政策"(policy)的因素在判决过程所占的地位，认为法律为推行政策的工具，为了达到政策的目的，可以打破逻辑的一致性(logical consistency)，对法律做相当弹性的解释。结果，政府的司法及准司法部门，无论如何断案，都可以用政策的理由为辩解，威胁"法治"(rule of law)的基础。萨克斯则主张，法院或行政部门的裁决，固然可以把逻辑以外的因素列入考虑，但基本上仍应以逻辑的合理性为基础。最重要的是，导致判决的结论，必须历经公正的程序且具有充分的理由，以维持"法"的公正性及安定性。

萨克斯于 1981 年 6 月 30 日辞职，履行其担任院长不超过十年的诺言，由佛伦伯格（James Vorenberg, 1928— ）于同年 7 月 1 日接任。佛伦伯格 1951 年毕业于哈佛法学院后，在空军服务两年，后担任联邦最高法院法官法兰克福特 (F. Frankfurter) 助理一年，然后在波士顿执业律师数年，1962 年回到哈佛教授刑法等课程。水门案时，为特别检察官考克斯（Archibald Cox，哈佛宪法教授，1978 年在轰动一时的 Bakke 一案中，担任加州大学辩护人）的得力助手。

哈佛法学院现有专任教授六十五人，讲师二十二人，学生一千七百六十七人（此为 1980 年统计数字），藏书约一百五十万册（哈佛大学共有藏书一千三百五十万册）；每年有七千多名学生申请入学，约六百名学生获入学许可。著名的建筑有兰德尔图书馆 (Langdell Library)、庞德大楼 (Pound Building)、格里兹伍德大楼（Griswald Building，1980 年以前称教职员大楼，即 Faculty Office Building）和国际法学研究大楼 (International Legal Studies)，多以过去的院长为名。另外几栋学生宿舍，Ames Hall, Story Hall, Holmes Hall, Dane Hall，亦以教授或院长为名，以纪念他们对学校的贡献。一群热心人，群策群力，不畏艰难，终于使一所私立的法学院，培育无数的法界精英，主导法学思潮，在美国法制史上立于举足轻重的地位。

这样的吴咏慧

翟志成

第一次和吴咏慧见面，是在四年前。那时伊似乎还没有姓吴，也不叫咏慧，而是和区区在下一样，取了个俗得让人听后就忘了的名字。害得我在过后的四年内，老是把他和台大历史系某教授的名字搞混在一起。当时伊是哈佛历史系快要出炉的新科状元，到夏威夷是为了参加第一届国际朱子学术讨论会。我和吴咏慧同文同种再加上同年同专业，这次又同在一个地方开会，经金恒炜兄替我们引介，很快便熟络起来。吴咏慧少年得志，气势正盛，而我当时也读了几年宋明理学典籍，自以为有点心得，于是彼此不免借题发挥，以论学为名，飞快地交换了几招，所谓"行家一出手，便知有没有"，数招以后，我才知道遇到了真正的高手。吴咏慧不仅西学根基深厚，在中学方面，功夫也极为扎实。伊对徐复观、牟宗三二先生学说的精熟，连我这个系出"新亚帮"的科班生，也不能不暗暗点头。

金恒炜兄租了一辆小汽车，我和吴咏慧在休会期间，

附录

也常乘坐金恒炜兄的便车环岛浏览。闲谈中，我才知道吴咏慧在美国数年，居然连汽车也不会开。在美国生活，最可宝贵的是那种天大地大、鱼跃鸢飞的自在和自由，不会开车等于少了两条腿，哪里还有什么自由和自在可言？问伊去过赌城没有？没有！到过情人酒吧没有？没有！小电影看过没有？没有！异性朋友交了没有？什么！还是没有……那平时有什么消遣？读书？读书之后呢？还是读书？！

……我的老天！

会议结束后，我和吴咏慧再也没有联络。后来听杜维明教授说，吴咏慧终于回台湾教书去了。吴咏慧书是读得不错，但我自放洋以来，平均每天有八小时要和该死的书本打交道，谁要在我放下书本后再谈起读书，我一定会疯掉。我要的是在烟卷和咖啡的飘香中，能和我畅谈风花雪月的骚人墨客；我要的是青梅煮酒、杯盘狼藉之后，能悲歌慷慨、拍遍栏杆的英雄豪杰，至于只会啃书的蛀虫，对不起，我目前暂时还不缺。反正这一类型的宝贝，在教室里要多少有多少。

两年前我到台湾参加一学术会议，居然一点也不曾想过抽空去见吴咏慧一面。倒是金恒炜兄向我提及吴咏慧最近刚结了婚，伊的另一半也叫吴咏慧，论长相可以打一百分。一百分的漂亮人物，无论是男是女，我一辈子还未见过。吴咏慧这蛀书虫，说不定还真有什么过人之长，没有来得及被我发现。要不，就一定是哈佛文科博士的招牌，在台湾还算值几个钱。经金恒炜兄一提，我的心倒有点痒痒的，忽然很想去见见吴咏慧。后来不知是什么原因，吴咏慧到底没有见成。由台湾回到新加坡后，一念及此，心中未尝不能无憾。但我始终弄不清楚，我的一丝遗憾，是为了没能见到书虫吴咏慧呢，还是为了没能见到一百分的吴咏慧。

大约一年半前，吴咏慧开始在报章上一篇又一篇地撰写《哈佛琐记》，书虫会写副刊文章，此乃一奇。写得居然还蛮清畅新颖，实中透虚，虚中藏实，更是奇中之奇。哈佛之于吴咏慧，是香客心中的圣庙，也是情圣眼中的爱侣，既庄严肃穆、仰之弥高、钻之弥坚，又轻颦浅笑、宜嗔宜喜，一举手一投足都能勾魂夺魄。虔敬和痴恋的潜流，真积力久，蓄之既厚，一旦喷薄而出，便如漫天花雨，处处留情，使哈佛园中草木瓦石，皆承恩泽。情之一字，可生死人而肉白骨，可化腐朽为神奇，亦可化神奇为腐朽。1980 年夏我曾和文船山联袂造访哈佛，所得的印象仅平平而已。哈佛近十多年来在全美各大学的排名，也不见得会在伯克利、斯坦福之前；哈佛的校园，和伯克利、斯坦福相比，也不能算顶顶漂亮。情人眼中的西施，若落在不相干者的眼中，却未必具有千媚百娇的颠倒众生相。哈佛不是我的情人，我只是哈佛的不速之客。审美需要感情的灌注，生命的投入。无情的我，合该领略不到哈佛的极好处和极美处。

读《哈佛琐记》，就等于是重游哈佛。这次多了吴咏慧做导游，只见他一时口若悬河、舌底翻莲，一时闭目吟哦、念念有词，一时比手画脚、上蹿下跳……《琐记》中的吴咏慧，不再是檀岛时那个言语无味、傻头傻脑的书虫。伊变成了手持麈尾、谈玄说空的魏晋高士；变成了泽畔行吟、浅斟低唱的骚人词客；变成了在知识海洋的沙滩上拍手欢呼，一面捡拾贝壳、一面嬉戏逐浪花的小孩……吴咏慧对哈佛的款款深情，在不知不觉之中，竟消融了我对哈佛的疏离和冷漠。在他的带引和讲解之下，我开始慢慢体味到了哈佛的各种各样与众不同之处。徘徊在罗伊斯、帕尔默、詹姆斯，还有桑塔亚纳曾散过步的"哲人之路"，和怀特海对谈，和古代各大哲神交千载，上下与天地同流，原来是如许的神怡心旷；那条渐被毒水污化了的查理士河，在斜阳照晚、薄雾轻笼之际，原来竟会如许的楚楚可人；"大学馆"墙壁的常春藤，在四季转换中，像变色龙一般，由青而墨绿，由墨绿而橙黄，由橙黄而火红，由火红而灰白，原来也不输伯克利四季葱绿的红木林；还有那在大师授课后拍烂手掌的滋味，以及偶被大师品题时的既惊且喜……一切的一切，既遥远又贴近，既陌生又亲切，让人心旌摇摇，熏熏然有点醉意。我申请读博士班时，名单上没有哈佛，我的论文导师从伯克利被挖角到哈佛时，我也从来不曾想过要跟老师一道转学到哈佛，世界上所有的大学中，我只爱伯克利，我对伯克利始终一往情深，但在读《琐记》之时，我的心底突然莫名其妙地爬上了一丝丝惆怅的感觉——如果到哈佛去读个一年半载，不知是否也和在伯克利一样的充实而有趣？

吴咏慧在今年1月，由台湾来到新加坡，成了我在东亚哲学研究所的同事。学问的追求永远没有终点，多读了四年书，彼此愈觉得天下之大，而愈感到自己的渺小。我和吴咏慧，也由四年前的檀岛论剑，换成了星洲的"今宵只谈风月"。谈风花雪月的吴咏慧，比谈哲理逻辑的吴咏慧，不知有趣和可爱了多少倍。吴咏慧的另一半目前正在美国谋求发展，我的太座也正在新大陆的大学里教书，岛居的枯寂无聊，若没有了吴咏慧，真不知如何打发。我们朝夕素心相对，以沫相濡，但却从未想过要到加东数星星，到西湾送夕阳。吴咏慧从来不掩饰自己的"名"(snobbery).能被伊青睐的只有名校、名车、名牌衣饰，以及华屋和美食。只可惜伊的钱包偏偏不争气。我是最典型的老广，一生中除了美食之外，对任何"名"都可以不要。星洲的大排档，可能会有不错的美食，但吴咏慧又嫌到大排档有失身份，我也确实有点怕了大排档的热和脏。于是，我们去得最多的地方，是新加坡的各大饭店，然后，多半还会看一场西片。偶尔，为了讲义气，我也会陪吴咏慧逛一次百货公司。看着伊流连在琳琅满目的各式各样法国名牌面前，件件都想买，却一件也买不起，真是既感伤又有趣。只有一次，伊一咬牙，在女装部买了个法国名牌皮包，在回家的巴士上，伊不住地摩挲赏玩，起劲地吹嘘自己如何如何的品位高超……哈佛的博士回台湾，个个非富即贵，谁会为了区区一个法国皮包而沾沾自喜、骄其好友？若要在台湾选举最吃不开的哈佛博士，恐怕没有人能和吴咏慧竞争了吧。

吴咏慧的钱包虽然不争气，但撰写《哈佛琐记》，却着实在文坛闯出了不小的名气。报社经常转来读者的来信，其中有不少是麻甩佬露骨的求爱情书。有一个麻甩佬，大概是琼瑶的小说看多了，竟来信盛赞"好姑娘"吴咏慧那"水汪汪的大眼睛"，笑得我抱着肚子满地打滚。我的好友文船山，知道我和"才貌双全的才女"朝夕相对，深怕我会日久情生而难以自拔，特由美国寄书规劝。我的太座由美国来到新，和吴咏慧只见了一面，两个星期后便十分放心地打道回府去也。她知道，文船山的忧虑，永远不会变为事实；她知道我和吴咏慧的关系，如豆腐煮葱，真正是一清二白，绝对没有一丝一毫的男女情愫牵扯在内。吴咏慧绝对没有可能跟她争丈夫。要争，也一定争她不过。

吴咏慧喜欢做白日梦，伊梦想着在全世界各地的香格里拉酒店中，都能拥有一间只供自己专用的豪华套房。每次走过奔驰 500 大房车的旁边，他总会说十分适合自己的身份，接着下来便闭目自我陶醉一番，在精神上享受着占有名车的乐趣，虽然伊至今还不曾学过如何驾驶汽车。吴咏慧天生胆小，看凶杀电影时总要闭着眼睛，有时还要用双手掩着耳朵，但他却梦想着自己是一身铁胆的海军大将，正率领着无敌舰队长途奔袭中途岛。吴咏慧最喜欢从事的研究，还是报章上尚未侦破的凶杀案，常为此绞尽脑汁，废寝忘食。那时伊谦卑得很，只求当一个刑警大队长便心满意足了。这么多白日梦中，吴咏慧做得最多的，还是老天爷突然掉下一百万美金，好让伊立刻退休，回哈佛旁买一小房子舒舒服服地读点闲书，能达成这一梦想，看来只有中大马票一途。在每个月的大马票开彩时，吴咏慧总是那么踌躇满志，容光焕发，老是给我们开出无数中奖后如何如何的空头支票。好像钱早已存进了伊的银行户口，就差等伊去搬运一样。幸而在每次开彩之后，吴咏慧也不怎么伤心和难过。反正这次不中还有下次，有赌未为输嘛！

吴咏慧爱编梦，更爱和朋友分享自己的美梦。我经常被吴咏慧拉进伊的太虚幻境中做客。有了梦幻，也就有了希望，日子果然过得痛快多了。伊没有一丝一毫的居心，事无不可对人言，整个人就像是水晶雕成的，你一眼就能看透伊的肺腑心肝。我自问也算得上是一个坦率的人，但和吴咏慧那种近乎透明的童心相比，我常为自己的世故而自惭形秽。吴咏慧事亲至孝，对朋友极有义气。"为朋友两肋插刀"，是伊老爱挂在嘴边的豪言壮语。吴咏慧胆子小，又最怕见血，所谓"两肋插刀"云云，我看还是"得个讲字"的成分居多。但伊确是全心全意替朋友设想，很少替自己打算。吴咏慧自己穷得要死，但每听到朋友有困难，总是打肿脸充胖子要借钱给别人应急。有朋友开出版社，伊便义务替人家拉稿，不仅书信往来、费时费事，而且长途电话噼噼啪啪地打，每月电话公司账单一到，便要愁眉苦脸。有一次，吴咏慧发誓再也不打长途电话了。但才不过一个星期，伊又拿起长途电话，为出版社的事一讲就是大半个钟头，问伊为何又再打长途电话？答道朋友的事情没办完睡不着觉，真不由人不写一个"服"字。

吴咏慧的《哈佛琐记》，早在去年便交由朋友的出版社出版。伊早在今年头，就给我们研究所的同事开出支票:《琐记》每卖完一版，便请我们到文华酒店大吃一顿。我们由春盼到夏、由夏盼到秋，眼看就快要由秋盼到冬，他的《琐记》还是未曾出版。倒是伊在今年年中才介绍给出版社的新书，在伊的长途电话督促之下，现在已在台北发行了。姜太公封神，只知封人，不知封己，也是定数使然。吴咏慧在今年年底就要约满返台，看来我们不大可能有什么机会，在文华酒店吃掉吴咏慧的版税了。

人的相知，说到底还是靠一个"缘"字。若我和吴咏慧无缘，便不会到檀岛开会，也不会认识做蛀书虫的吴咏慧。若吴咏慧不撰写《哈佛琐记》，我一辈子也只会把伊看作语言无味的书痴。若吴咏慧不到新加坡，他文章写得再好，依然与我毫不相干。我由美国、吴咏慧由中国台湾，什么地方不好去，偏偏都要来到新加坡，而且还成为同事，这就是命中注定的缘分。凭着这缘分，我在书痴和作家之外，又再结识了梦想家的吴咏慧，好名的吴咏慧，小孩子禀性的吴咏慧，以及可以一心为朋友但却不敢两肋插刀的吴咏慧。每个吴咏慧，我都不讨厌，但若集合在一起，会更讨人喜欢些。

或问：你列举了这么多个吴咏慧，到底谁才是真正的吴咏慧？真正的吴咏慧又是怎样的吴咏慧呀？答曰：所有的吴咏慧，都是真正的吴咏慧，也都不是真正的吴咏慧。真正的吴咏慧，就是这样的吴咏慧呀！

原载新加坡《联合早报》（1986 年 12 月 15 日）

黄进兴，醉心于后现代，还有孔庙

李怀宇

　　在台北，黄进兴先生带我品尝过鼎泰丰、牛肉面、西餐、日本猪扒、广东茶点，多次聊天所受教益常出人意表。黄先生是台湾"中研院院士"，学术事务颇多，可学术上的问题他总乐于赐教，他的研究室是我经常的落脚之地，生活上的细节也替我想得周到，更不遗余力介绍朋友让我认识。

导师的肖像印在 T 恤上

　　黄进兴先生是地道的台湾人。小时候家里经济条件不太好，吃过一些苦，比起现在的年轻人更珍惜读书的机会。少年时代爱好文学，中学时因有一位孙老师很会讲历史，黄进兴受他的影响兴趣发生了改变，1969 年，以第一志愿考入台湾大学历史系。当时台大历史系主任是史学大家许倬云。1970 年，许倬云先生离台赴美国匹兹堡大学任教。1976 年黄进兴从台大历史系毕业，获得硕士文凭，后赴美

课堂上

留学，第一站到了匹兹堡大学，跟许倬云先生读了七个月书。此后由余教授推荐，黄进兴转读哈佛大学。

那时的哈佛大学可谓大师云集，黄进兴受史华慈和余教授两位史学大家教益良多。黄进兴刚到哈佛大学那一年，余教授即受耶鲁大学礼聘为讲座教授。余教授偶过波士顿

时，有一晚电话邀黄进兴聚谈，难得有机会在名家面前表达己见，黄进兴随意畅谈，只见余先生频频点头说："年轻人立志不妨高，但不要犯近代学者钢筋（观念架构）太多、水泥（材料）太少的毛病。"那天深夜和余先生步行到唐人街吃宵夜，黄进兴听余教授一再说："做学问说穿了就是'敬

业’两字。"黄进兴灵光一闪，似乎看到近代学术的真精神。

黄进兴在哈佛大学的授业恩师史华慈先生在西方汉学界大名鼎鼎，有一年，哈佛学生还把他的肖像印在T恤上。史华慈先生的学风稳健厚重，有些社会学家辛辛苦苦建立起来的理论模型，往往经不起史华慈先生锐利的批评，因此有人戏称他为"理论的破坏者"。还因为他的讲话常常带有口头禅"我希望我能同意您，但是……"，被学界封为"但是先生"。黄进兴在哈佛拿到博士学位后，特向史华慈先生辞行，史华慈先生临别赠言是：你在求学期间，花了不少时间修习、研读西方课程，可是在博士论文里，竟不见踪影。希望有朝一日，能将东、西方的知识融会贯通，好好发挥。黄进兴觉得老师的针砭宛如佛家的醍醐灌顶。

患学术自闭症的"中研院院士"

从美国学成回到台湾后，《中国时报》人间副刊的主编金恒炜常常请黄进兴等学界朋友吃饭。黄进兴的话题中心自然是哈佛的快乐生活。有一次，金恒炜说："听你常说在哈佛碰见那些伟大的学者，干脆写点哈佛的东西好了。"于是黄进兴开始回忆在哈佛的所见所闻。第一篇文章写成后，

德纳图书馆中的怀德纳纪念室

不知道用什么笔名。金恒炜说："这个问题交给我好了。"当文章发表时，作者的名字是"吴咏慧"。吴咏慧是黄进兴的太太。

这些写哈佛的文章后来集成《哈佛琐记》一书，不仅在台湾成了畅销书，还在大陆出版了简体字版。吴咏慧比黄进兴有名，不少人常常误以为《哈佛琐记》的作者是一位女作家。有一次，李欧梵和黄进兴在新竹"清华大学"见面，问道："台湾有一位女作家叫吴咏慧，文章写得很好，你认识她吗？"黄进兴说："不认识。"

黄进兴用真名写的畅销书是《半世纪的奋斗——吴火狮先生口述传记》。传主是台湾新光企业的创始人吴火狮，此书撰述历时四载，稿凡七易，出版后发行了几十版，并被翻译成英文和日文，成为海外研究台湾企业界的重要参考书。当时口述历史在台湾尚未风行，黄进兴在书中进行了尝试，融入了史家的学养，吴火狮一生的奋斗史为台湾企业界提供了宝贵经验。

黄进兴在台湾"中研院历史语言研究所"任职，沉浸在纯粹的学术氛围之中，孔庙和武庙是他致力研究的重点。黄进兴试图由两者的对比研究，探讨传统中国的政治文化。由于在学术研究上的成就，黄进兴荣选"中研院院士"。

黄进兴称自己生活的世界很单调，除了读书，就是吃东西、看电影。有一次，黄进兴的一位学生去参加国际会议，别人问："你的老师在干什么？""我的老师有学术自闭症，关在研究室里，不跟人家来往。""中研院"对黄进兴的学术考评上说：这个人学术做得不错，但极少参加国际重要会议，这是他的缺点。

黄进兴每年要看近百部电影，这三四年则成了日剧迷：

"日剧拍得很用心，像《白色巨塔》《温柔时刻》，都给了我人生的反省。"他的研究室就放着一张日本明星松岛菜菜子的照片。

我不是儒家，但对孔子有很高的敬意

和余教授聊天到晚上三四点

我的博士论文写得很快，一年零九个月就完成了。我当然不是天纵英明，而是我有个好老师。

时代周报：从台湾大学历史系毕业后，是因为什么机缘到哈佛大学留学的？

黄进兴：我能够进哈佛大学是得力于余教授的推荐。1976 年我到美国匹兹堡，还没有注册，听一个同学说，哈佛大学的余教授要找一个人谈话，这个人就是我。之前我申请哈佛的研究计划，写得有些不搭调，要去的院系不对路，所以没被录取。大概余先生看了有点印象。他当时刚当上台湾"中研院院士"，我听过他在台湾的演讲。我同学帮我找到了余先生的电话，我打过去，余先生说："既然你在匹兹堡没有开学，就过来波士顿玩玩。"

燕京图书馆内

　　我就先跑到纽约，再到波士顿，在哈佛的燕京图书馆跟余先生谈了三个多小时，这次谈话对我后来的治学很重要。那时我不知天高地厚，大放厥词。现在回想那次谈话我会脸红。余先生跟我半聊天半面试时，我说："看陈寅恪的东西，觉得他的表达方式很奇怪，常是先有引文，才有自己的观点。这引文里的信息 ABCD 非常多，最后拿的可能只是其中的 B，读者在读这一段资料的时候，不知道他的逻辑推论是怎样进行的。"余先生可能觉得这个初生牛犊有些肤浅，连史学大家都敢乱批评。但余先生很好，聊了三个多小时后说："你明年转到哈佛来吧。"所以我那时没有申请就知道我可以进哈佛大学了。后来回到匹兹堡大学见到许倬云先生，老实讲了情况。许先生说："既然你的兴趣在思想史、学术史，还是跟余先生比较好。"在匹兹堡大学这七个月里，我就跟着许先生做一些导读，了解他的学问，也是有收获的。

时代周报：转到哈佛大学后，你的学术研究的方向是什么？

黄进兴：我那时的方向是西方思想史和史学史，后来有变化，跟两位老师有很大关系。一个是比较思想史的大家史华慈。史华慈先生说："你要在中国学方面打点基础，我介绍你到耶鲁去跟余教授好了。"他不知道我事先就认识了余先生。以后我每隔两三个月就会去余先生家住一两晚。这是我一辈子读书时光中很愉快的经历。我和同学康乐两个人一起去，每一次都和余先生聊到凌晨三四点。因为聊得太晚，就干脆在余先生家睡，醒来再聊一下，下午才走。那时跟余先生请教很多问题。

余先生在耶鲁，是他最多产的阶段，有很多好作品出来。他每次有文章总会让我们看，我们算是最初的读者。有时我们就提供一些意见，我是主要批评者，鸡蛋里挑骨头。我那时等于读了两个学校，耶鲁和哈佛，常常来来去去。余老师和师母除了学问上给我们指导，生活上也帮了我们很多。师母对我们很好，请我们喝茶、吃点心。

时代周报：现在大陆研究史华慈的人越来越多了。我在波士顿访问过林同奇，知道他专门研究史华慈的思想，入迷得不得了。

黄进兴：史华慈先生是很有趣的老师，批判性也很强。今天我写文章常常会想："真是这样的吗？有没有其他的可能，人家会怎么批评？"这都是受他的影响。那时台湾文科留学生都很穷，他很照顾我，不断帮我申请奖学金。他很怕外国人在美国饿死，有一次他问我："你有食物吗？"我听了很不好意思，说："有啦。"我当时真的很穷。哈佛博士生前两年保证有奖学金，以后每年都要重新审核。我有压力。有一次我经过办公室，一个助教跟我说："你有奖学金，你的老师很关心你，帮你申请。"这一点让我可以全心读书，没有后顾之忧。我拿奖学金买了很多书，有时我也会寄钱回家。

时代周报：史华慈本人对中国很了解？

黄进兴：他研究中国文化起步很晚。他在"二战"时是上尉，搞情报破解的，是破解日本无条件投降密码的很重要的人。他对犹太文化的认同感很强，他儿子还回以色列当伞兵。他对文化各方面的认同都很强，所以也可以了解中国人的心情。他对中国文化抱着同情的理解，不像某些洋学者抱有西方文化优越感，他会尽量从中国的角度来理解中国。他很有人文素养，是一个自由主义者。他培养了不少中国的学者，像林毓生先生、张灏先生、李欧梵先生这些前辈学者，都是他的学生。

时代周报：哈佛大学对你后来的学术研究有什么影响？

黄进兴：那段时间非常关键。在哈佛，我打了一个比较全面、扎实的学问底子。那时且战且走，弥补旧学的不足。史华慈先生是我真正的指导教授。我的博士论文题目"18世纪中国的哲学、考据学和政治：李绂和清代陆王学派"实际上是余先生给我的。他的设计很好，找一个没人做过的题目。我无所依傍，没有二手资料可看，只有太老师钱穆的《中国近三百年学术史》中有一章专门写到李绂。我只能把李绂的著作一本一本地看，归纳出自己的看法。

我的博士论文写得很快，一年零九个月就完成了。我当然不是天纵英明，而是有个好老师。我每写一章就给余先生看，他看我是"在轨道上"还是乱讲一通。他说这个方向是对的，我就写下去。另外还有史华慈对我的批评，但就这个论文来说，最重要的还是余先生。后来写出来了，幸运地被剑桥大学出版社接受出版。这至少对得起我的老师。李绂是清代陆王学派最重要的人，但以前没有人做，很隐晦．是一个次要的思想家。正因为是次要的，反而更能反映一个大时代的气候。因为第一流的思想家、学者往往超越那个时代，走在前面，要谈朱熹、王阳明反映了当时什么思想，很难。但李绂更能反映当时学术的气氛。

做口述史要花很多工夫

我这个口述传记访问不下五十个人，才慢慢做起来。在那个时代，很多时候都是碍手碍脚。如果不是跟吴东昇有交情，我不会做。

时代周报：撰写《吴火狮先生口述传记》是怎样的起源？

黄进兴：吴火狮的幺儿叫吴东昇，在哈佛跟我是同学，他是法学院的学生。当时我跟这种富家子弟没有什么交往，有一个深夜，我已经睡觉了，忽然有人敲门，我以为是什么重要的事情，就穿着内衣内裤打开一点点门，看见一个人。我知道是吴东昇，因为他爸爸在台湾是重要的企业家，但是我们读书人有臭脾气，不爱攀附权贵。他说："我想跟你做朋友。"我觉得这人很有趣，说："好啊。"第二天他请我喝豆浆，就认识了。

那时哈佛大学有一批人，现在都是政治上有头有脸的人。另一批是我们这种单纯的读书人，跟他们不一样。虽然知道对方在那里，但没有来往。我离开哈佛的时候，吴东昇已到纽约做事，他说他爸爸出身穷苦，白手起家，有个心愿是希望他的人生经验可以鼓励以后的年轻人。之前他爸爸已找了好些人来写传记，但都不满意。1983年夏天，我在洛杉矶见过他爸爸一次。后来回到台湾，因为忙，也因为帮人作传在学术上不算著作，一直没有动手。1983年冬天，吴东昇回来问起此事，我说还没做。他说："这怎么行。"后来他带我找他爸爸。我们就约定每个礼拜天到他家做录音，做了一年半，然后整理、分类出来。我当时七易其稿，不是越改越好，而是把一些政治敏感的东西拿掉，跟我们现在官方所讲的不完全一致。这本书卖得也不比《哈佛琐记》差。因为他的企业很大，知名度高，很多人买。

时代周报：后来哈佛大学出版社也出了英文版？

黄进兴：对，是出于教育的目的。二十多年前台湾经济发展，大家开始关注亚洲"四小龙"。哈佛想找一本书来作为教学资料，最后找了这本。这本书比较多方面，不单调，牵涉到社会、政治。他童年要捡人家的菜回家吃，刚开始投资人寿大赔，很辛苦。现在他们富贵了，有面子了，这些东西就不能让人看到，所以也拿掉了一点点。《半世纪的奋斗》，名字是他取的。这书很有意思。

时代周报：你看过唐德刚做的口述历史吗？

黄进兴：我很喜欢。但看得不多，只看过他写胡适、李宗仁的文章。我觉得他文笔很好，很有趣，其他就不晓得了。

时代周报：做口述历史要花很多工夫。张学良要唐德刚给他做口述历史，张学良说："我讲，你记，就是口述历史。"唐德刚说："完全不是这么回事。很多回忆的东西也是靠不住的。"

黄进兴：对，我当时也要核实他讲得正确不正确。我这个口述传记访问不下五十个人，才慢慢做起来。在那个时代，很多时候都是碍手碍脚。现在台湾开放了，谁都可以骂。放开来写更精彩。如果不是跟吴东昇有交情，我不会做。虽然有版税，赚了点钱，但我们付出的心力很多。我不知道大陆怎样，在台湾靠写传是不能维持生活的。

时代周报：现在口述历史在台湾也蛮多？

黄进兴：对。我们做得最早，而且那时候没人敢写，企业家赚钱也不会让别人知道。以后慢慢才有企业家、政界的人跟上，我们是试金石。

剩下的时间我想写小说

我曾经在孔子墓前三鞠躬，结果闹了个小风波。因为周围的人都在围观，把带我去的那个教授搞得很窘。他说："你鞠一个躬就够了。"很多人以为我在拍电影。

时代周报：你怎么研究起孔庙来？

黄进兴：因为博士论文的关系，刚开始我的研究是在宋明理学这一部分。后来无意中研究孔庙。1981年放假回台湾，我一心向学，也没有女朋友，人家给我介绍了一个很漂亮的女孩子。我不知道带女孩子去哪里，糊里糊涂去到孔庙。孔庙是没人去的，里面全是神主牌位，变成了现代文化的幽魂。一个人生病会找保生娘娘，发财找关帝庙，考试找文昌公。孔庙是一个官庙，是政府举行祭典的地方。当时服务处有位老人在卖礼品，我找到了一本《文庙祀典考》，价钱几乎是我口袋里的所有钱。按平常习惯，我是不会买的，为了打肿脸充胖子就买下来了。那个女孩子觉得我是个书呆子，后来就分手了。

我把书带到哈佛去，常常翻，发现里面的内容可以解答一些帝制中国的问题。我们常讲一些很抽象的"道统""治统"，你把这些概念放到具体的祭祀制度里，轮廓就出来了。两千年中国怎么变化，儒生集团跟统治集团怎么较劲，一目了然，都记录在孔庙发展史上。它还写了统治集团所认同的思想是什么，因为能够进孔庙一定经过皇帝的批核。这样做出来的中国思想史，跟我们以前所想象的就有些不一致。每一次儒生推举哪个人可以进孔庙都有一连串的理由，从地方、社会到学术，你可以看到很丰富的东西。现在为什么这么多人研究孔庙，因为可以解答经济、政治的很多问题。

时代周报：什么时候第一次去山东看孔庙？

黄进兴：我两次做田野考察，1992年去看山东曲阜的孔庙；1993年去看南京、上海的地方性的孔庙。尽管已遭到破坏，很商业化，但是我的精神很愉快。我不是儒家，但对孔子有很高的敬意，我曾经在孔子墓前三鞠躬，结果闹了个小风

怀德纳图书馆中浩如烟海的书籍

波。因为周围的人都在围观，把带我去的那个教授搞得很窘。他说："你鞠一个躬就够了。"很多人以为我在拍电影。

时代周报： 后来做后现代主义与史学研究，你对西方一直是很感兴趣的？

黄进兴： 对，我是有那个底子。我的《历史主义与历史理论》——以前的硕士论文——写完后有三四个出版社要出，我自己不满意。出版以后，我想写新的东西，就花了三年时间写出《后现代主义与史学研究》。这其实不是我这个阶段应该做的，应是对西方学术潮流很熟悉的一个新科博士来做。现在我对西方的东西已经不熟悉了。

开始是想找一两本后现代的适合中华文化的书来做翻译，看后发现后现代或者反后现代都是偏颇的，我想还是自己写好了。为了中文的读者能够熟悉一点，我把背景写得比较丰厚，既有学术思维，又有史学的意义，最后提出我自己的观点。写完以后，我的老师陶晋生教授说，应该写成英文，因为你的讨论对象都是西方的。在我做孔庙研究的时候，余国藩教授给我写了三封 E-mail，说你的书应该写成英文，你的书的读者应该是西方宗教专家。每次我都说会考虑。其实我年纪不小了，已经不需要那个虚名，做过就很高兴了，不需要写成英文。做这个工作至少需要花费一年时间，而且这对我来说是炒冷饭。所以现在我的态度是：有人愿意翻译，我提供帮助。他们把译稿发过来，我做校对的工作。这实在有点对不住爱护我的余国藩教授。

现在我有一个新方向：从理学到伦理学。我觉得这个比较有意思。我还是对未知的东西兴致比较高。现在我在学术界的时间最多也不超过十年了，剩下的时间我想写一部长篇小说、一部短篇小说。

原载《时代周报》第 42 期

附

录